CHAPITRE PREMIER

Un mystérieux patient

« Alice, aurais-tu la gentillesse de venir à l'hôpital Rosemont pour nous aider à résoudre une énigme ? »

Résoudre une énigme ? La jeune détective ne demandait pas mieux ! Surtout si c'était pour rendre service à Lisa Scotti, une ancienne camarade de classe devenue infirmière.

« Bien volontiers, répondit-elle vivement. Donne-moi quelques détails.

— Un jeune homme vient d'entrer au service des urgences avec de graves contusions. Il est amnésique : il ne peut pas se rappeler qui il est, ni ce qui lui est arrivé.

— Qui l'a trouvé ?

— Deux personnes qui passaient dans la région. Elles avaient arrêté leur voiture à la lisière d'un bois, près de l'aéroport, pour se dérouiller les jambes. Elles ont découvert le garçon couché au pied d'un escarpement. De toute évidence, il en était tombé ou bien quelqu'un l'avait poussé en bas. Ce qui m'étonne, c'est qu'il n'ait rien de cassé.

— Moi aussi... déclara Alice. Eh bien, j'arrive ! A tout de...

— Attends ! Ne raccroche pas ! l'interrompit Lisa. Les visites ne sont permises qu'à partir de onze heures. »

Alice jeta un coup d'œil à sa montre. Il n'était que dix heures.

« Dans ce cas, je vais me proposer comme bénévole à Rosemont. Ainsi je pourrai voir votre cascadeur qui se prend pour Robert Redford à n'importe quel moment. »

Lisa gloussa.

« Comment savais-tu que nous l'appelions ainsi, nous, les infirmières ?

— Je l'ignorais totalement. »

Alice rit.

« Je t'attends au cinquième étage. Redford occupe la chambre 502. »

Dès que Lisa eut raccroché, Alice composa le numéro de l'hôpital. Comme elle y avait suivi un stage d'aide-infirmière bénévole, l'été précédent, on la connaissait bien dans l'établissement. Elle pourrait sûrement commencer tout de suite à travailler.

« Alice, ma chérie ! appela Sarah quand la jeune fille eut reposé le combiné. Que veux-tu pour ton dîner : du poisson ou de la volaille ?

— L'un ou l'autre, à condition qu'ils soient servis avec une garniture savoureuse ! répondit Alice, taquine.

— Sois un peu sérieuse », répliqua

Mme Berny en passant la tête par la porte de la cuisine.

Avec les années, une merveilleuse entente s'était développée entre la jeune fille et la gouvernante des Roy. Celle-ci avait aidé à élever Alice, Mme Roy étant morte quand l'enfant avait trois ans.

« Mais je le suis ! » affirma Alice en souriant. Ses yeux bleus pétillaient de malice. Un rayon de soleil joua sur sa jolie figure et sur ses cheveux d'un blond cuivré.

« Ne me dis pas que tu vas te lancer dans une autre enquête avant d'avoir terminé l'affaire sur laquelle vous travaillez, ton père et toi ! » reprit Sarah d'un ton faussement sévère. Elle espérait qu'Alice lui répondrait par la négative. « Ton père risque d'être mécontent. »

James Roy était un avocat réputé à River City. Depuis plusieurs semaines, il s'occupait à démêler des problèmes concernant le festival de musique de la ville. La veille, il avait confié à Alice qu'on serait peut-être obligé d'annuler ce festival, à cause du désaccord qui régnait entre certains artistes. Comme il le faisait souvent, M. Roy avait demandé conseil à sa talentueuse fille de dix-huit ans.

« Si tu crois que papa va se poser la question de savoir si j'aurai le temps de me pencher sur deux mystères à la fois... commença Alice.

— Certainement que si... » fit la gouvernante.

Alice n'était pas de son avis. Tout en sachant combien Sarah s'inquiétait toujours pour elle,

elle ne put s'empêcher de la taquiner encore un peu.

« Quand papa rentrera, tu lui diras que je suis à l'hôpital.

— Quoi ? s'écria Mme Berny, affolée.

— Pas en tant que malade, évidemment ! »

La gouvernante hocha la tête. Alice lui planta un baiser sur la joue et disparut.

En traversant la ville en voiture, elle vit les affiches annonçant le festival de musique, mais elle concentra ses pensées sur l'hôpital Rosemont, où elle arriva quelques minutes plus tard.

Après s'être garée, elle pénétra dans le bâtiment pour s'inscrire comme aide bénévole, puis se dirigea aussitôt vers un ascenseur et pressa le bouton. La porte s'ouvrit, mais, comme elle s'avançait pour entrer dans la cabine, un homme corpulent à la barbe noire l'obligea à se pousser sur le côté.

« Eh... ! » fit-elle, tandis que l'inconnu se ruait dans l'ascenseur et pressait un bouton à l'intérieur.

La porte se referma au nez d'Alice. La jeune fille regarda l'indicateur lumineux au-dessus.

« Il s'est arrêté au cinquième étage, murmura-t-elle. Pourvu que je ne retombe pas sur lui ! »

Il lui sembla que l'ascenseur mettait des heures à redescendre. Enfin, elle parvint en haut. Lisa l'attendait.

« Il y a un instant, une espèce de malotru est sorti de cette cabine et a failli me renverser... dit l'infirmière.

— Eh bien, tu n'es pas la première à laquelle cela arrive », l'informa Alice.

Les deux jeunes filles se dirigèrent vers la chambre 502. Elles n'en étaient plus qu'à quelques pas quand elles entendirent des halètements brefs et rapides. Elles se précipitèrent dans la pièce.

« Arrêtez ! Vous êtes fou ? cria Lisa en voyant le barbu de l'ascenseur essayer d'étrangler Redford.

— Lâchez-le immédiatement ! » ordonna Alice.

Lisa et elle saisirent l'homme par le bras. Furieux, celui-ci se dégagea.

« Où est la bague que tu as volée ? cria-t-il à Redford.

— Je vais appeler la police », menaça Lisa.

A ces mots, l'homme se figea. Il desserra son étreinte autour du cou du garçon. Celui-ci retomba contre son oreiller. Il gémit doucement, ouvrit à demi les yeux, mais les referma aussitôt.

« Qui êtes-vous ? » demanda Alice.

En moins de temps qu'il ne faut pour le dire, l'individu pivota sur ses talons et sortit en courant dans le couloir.

« Revenez ! » cria Alice.

Elle courut après lui aussi vite qu'elle put, mais l'homme avec ses longues jambes était déjà dans l'ascenseur quand Alice arriva.

Aussitôt, Alice franchit la porte donnant sur l'escalier et dévala les marches deux par deux.

Arrivée au rez-de-chaussée, elle traversa le hall comme une flèche en direction de l'entrée.

« Zut ! » murmura-t-elle, déçue.

L'inconnu avait disparu à l'intérieur d'une voiture marron ornée d'une bande bleue sur le coffre. Le véhicule démarra sur les chapeaux de roues.

La fumée qui sortit du pot d'échappement couvrit la plaque d'immatriculation, de sorte qu'Alice ne put la déchiffrer. Dépitée, elle retourna dans la chambre de Redford. Lisa était en train de donner à boire au patient.

« Voici mon amie Alice Roy », dit l'infirmière en présentant les jeunes gens l'un à l'autre.

Le malade, un garçon aux traits irréguliers et aux cheveux châtains, hocha faiblement la tête.

« Malheureusement, je ne peux pas vous dire mon nom... dit-il avec l'ombre d'un rire dans la voix.

— Redford fera l'affaire pour le moment, déclara Alice. Ce barbu vient de vous faire passer un sale quart d'heure. Savez-vous qui il est ?

— Pas la moindre idée...

— Alice est détective amateur, s'empressa d'expliquer Lisa. Elle voudrait vous aider. »

Redford sourit.

« Parlez-moi de quelques-unes de vos enquêtes. »

La jeune détective rougit modestement.

« En fait, intervint Lisa, pour ses deux dernières énigmes, Alice a dû se rendre à l'étranger. Elle a résolu celle “de la vieille dentelle” en Belgique et celle “du symbole grec” en Grèce.

— Quelle mémoire ! » s’écria Alice, puis se rendant compte de sa maladresse, elle ajouta : « Oh ! excusez-moi, Redford.

— Je ne suis pas susceptible, répondit le jeune homme en riant. Ma mémoire était certainement aussi bonne que la vôtre... autrefois. »

Avant qu’Alice ait pu répondre, le patient ferma les yeux, l’air somnolent. Lisa fit signe à sa camarade de la suivre dehors, dans le couloir.

« J’aimerais parler de cette affaire à Bess et à Marion », dit Alice.

Bess Taylor et Marion Webb étaient cousines et les meilleures amies d’Alice. Elles l’aidaient souvent dans sa tâche de détective.

« Oui, plus nous serons nombreux à nous creuser les méninges au sujet de Redford, plus vite nous découvrirons son identité, reconnut Lisa.

— Exactement. »

Là-dessus, Alice s’approcha d’un taxiphone et composa le numéro des Taylor. A sa grande joie, ce fut Bess qui décrocha.

« Une seconde, Alice. Je vais mettre Marion sur la ligne. Elle est chez nous.

— Formidable ! Je voulais justement vous parler à *toutes les deux* !

— Hum... fit Bess. J’ai l’impression qu’une autre aventure nous attend. Rien de dangereux, j’espère. »

Elle appela Marion à un poste secondaire. Ensuite, Alice leur raconta, aussi brièvement que possible, l'histoire de Redford.

« J'aimerais que vous fassiez sa connaissance, dit-elle. Pouvez-vous venir à l'hôpital ?

— Bien sûr ! » répondirent aussitôt Bess et Marion en chœur.

Quand elles arrivèrent à Rosemont, Redford était réveillé. Alice lui présenta ses amies.

Bess était une jolie blonde potelée. Marion ne lui ressemblait pas. D'allure sportive, mince, décidée, elle avait des cheveux bruns coupés court. Elle demanda à Alice si le patient n'avait eu sur lui le moindre élément qui aurait pu les aider à l'identifier.

« Il paraît que non... répondit celle-ci.

— Un sac à dos, c'est tout ce qu'il avait », précisa Lisa.

Elle tira un sac de grosse toile d'un placard.

« Redford, nous permettez-vous d'en examiner le contenu ? interrogea Alice.

— Oui, bien sûr. »

Sous le regard attentif des autres, elle sortit plusieurs vêtements et une enveloppe contenant de l'argent. Puis ses doigt tâtèrent la doublure du sac. Une épaisseur inattendue du tissu indiquait une poche cachée.

« As-tu trouvé quelque chose ? demanda Bess, rompant le silence.

— Peut-être. »

Alice ouvrit la poche et entoura de sa paume l'objet qu'elle recélait.

« Veux-tu nous faire mourir de curiosité ? »

demanda Marion quand Alice retira sa main du sac.

Lorsqu'elle l'ouvrit, tout le monde s'exclama : c'était une grosse bague en or, extrêmement ornée et destinée, de toute évidence, à un doigt gras et boudiné.

« Elle serait beaucoup trop grande pour Redford », fit remarquer Lisa.

Alice regarda le patient. Le jeune homme avait les yeux rivés sur le curieux bijou. Etait-ce celui du vol dont on l'avait accusé ?

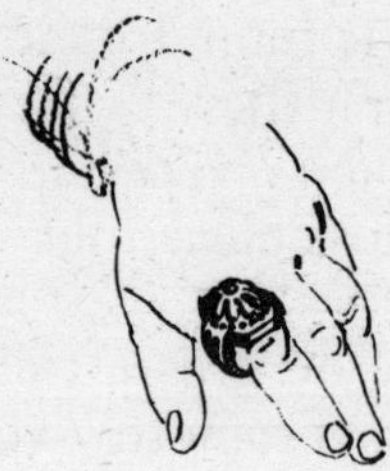

CHAPITRE II

L'accident de Tommy

« Redford, cet objet vous rappelle-t-il quelque chose ? » demanda Alice en tendant la bague au patient.

Le jeune homme cligna des paupières comme s'il faisait un effort désespéré pour se souvenir.

« Euh... non.

— Nous ne devrions pas laisser ce bijou dans le placard, déclara Alice. Pouvons-nous le mettre dans le coffre-fort de l'hôpital, jusqu'à ce que je revienne avec ma loupe ? J'aimerais l'examiner de plus près.

— Bien sûr, répondit Lisa, à condition, toutefois, que Redford soit d'accord. »

Elle promit d'enfermer la bague dès qu'elle aurait donné ses médicaments au malade. Alice conduisit Bess et Marion dans le bureau du docteur Randolph, le médecin-chef de l'hôpital Rosemont.

C'était un homme grand et corpulent, dans la cinquantaine.

« Je suis très heureux d'avoir la fille de James Roy dans notre personnel bénévole », dit-il après avoir salué Alice.

Membre du conseil de l'hôpital, l'avocat était un ami du médecin.

« Vous avez dû entendre parler de votre patient amnésique ? demanda Alice.

— Quelle question ! Son arrivée ici constitue l'événement le plus sensationnel de la semaine ! Non pas que ce soit sensationnel pour le pauvre gars... Nous avons appelé le commissaire de police, M. Stevenson, pour voir si notre malade pouvait être l'une des personnes figurant sur sa liste des disparus.

— Et alors ? demanda Marion.

— Alors, rien. Notre amnésique ne répond à aucun des signalements donnés. M. Stevenson voulait savoir si Redford avait été attaqué. Mais, selon le docteur Anderson, nous n'en avons pas la preuve.

— En d'autres termes, dit Bess, la police n'a aucune raison de se mêler de cette affaire.

— Ce n'est pas certain... intervint gravement Alice.

— Quc voulez-vous dire ? » interrogea le docteur Randolph.

La jeune fille lui parla du barbu inconnu, de l'accusation qu'il avait portée contre Redford et de la bague qu'elle avait trouvée.

« Pour l'instant, ce bijou est le seul indice que nous ayons pour découvrir l'identité de Redford, déclara-t-elle. Aussi aimerais-je l'examiner davantage.

— Bonne idée », approuva le médecin.

Après lui avoir promis de le tenir au courant, Alice et ses amies quittèrent son bureau.

« Tout à l'heure, quand je me suis proposée comme aide bénévole, on m'a demandé de distribuer des fleurs, dit la jeune détective. Je devrais aller le faire maintenant. Si nous discutions de notre énigme un peu plus tard ?

— Entendu, acquiesça Marion. Appelle-nous dès ton retour à la maison. »

Alice se hâta vers le hall central. Plusieurs bouquets, gerbes et corbeilles étaient posés sur un comptoir.

« Ces fleurs-ci sont pour le troisième étage, celles-là, pour le sixième », lui dit une employée.

Alice regarda le second bouquet avec étonnement. La carte fixée dessus indiquait : *TOMMY JOHNSON*. S'agissait il de son jeune voisin ? Curieuse, elle se rendit d'abord au service de pédiatrie, au sixième étage. La mère de l'enfant sortait justement de la chambre.

« Madame Johnson ! » cria Alice.

Sans même s'étonner de la présence de la jeune fille à l'hôpital, la femme raconta aussitôt son histoire.

« Tommy était sur sa bicyclette quand une voiture s'est rabattue brusquement devant lui. Mon garçon est tombé avec son vélo. Il s'est cogné la tête contre le trottoir et cassé la jambe... en deux endroits.

— C'est affreux ! s'écria Alice. L'a-t-on déjà opéré ?

— Non, l'intervention est prévue pour cet après-midi.

— Ces fleurs sont pour Tommy », dit Alice en désignant la petite corbeille qu'elle tenait à la main.

Elle pénétra dans la pièce où l'on avait baissé le store pour protéger l'enfant du soleil. Un petit pansement sur un de ses sourcils, Tommy dormait paisiblement. Il ne bougea que lorsque Alice posa les fleurs près de lui. Alors, il ouvrit lentement les yeux.

« 'jour, Alice, fit-il. C'est moi que tu viens voir ?

— Bien sûr », répondit la jeune fille d'un ton enjoué.

Elle lui effleura affectueusement la joue. A cet instant, un infirmier apparut.

« Il faut que je prépare le petit », annonça-t-il en faisant signe à Alice de se retirer.

Mme Johnson attendait sa voisine devant la porte.

« Quelqu'un a-t-il vu la voiture ? » lui demanda la jeune fille.

La mère de Tommy secoua la tête.

« Je ne le crois pas. L'accident s'est produit au coin de Hathaway Street et d'Elm Avenue. »

Serrant le bras de Mme Johnson d'un geste amical, Alice promit de l'aider à retrouver le chauffard. A la première occasion, elle se rendrait au commissariat.

« Maintenant, j'ai *deux* raisons pour y aller », déclara-t-elle sans s'expliquer davantage.

Elle dit au revoir et descendit au cinquième étage pour parler à Lisa. A sa surprise, la jeune infirmière avait terminé son service.

C'est bizarre, se dit Alice. Je suis certaine qu'elle était censée travailler jusqu'à dix-sept heures. J'espère qu'elle a mis la bague de Redford en sûreté.

Aussitôt, la jeune détective retourna au rez-de-chaussée. Au bureau des admissions, elle se renseigna au sujet du précieux bijou.

« Un instant », répondit l'employée.

Elle partit dans un bureau contigu, d'où elle revint peu après, les mains vides.

« Je ne trouve pas trace d'un dépôt fait par le 502. Et la bague n'est pas dans le coffre.

— En êtes-vous sûre ?

— Sûre et certaine ! » répondit la femme d'un ton sec.

Qu'était devenue la bague de Redford ? se demanda Alice avec anxiété. Et où était Lisa ?

Aussi vite qu'elle le put, Alice termina son travail à l'hôpital, puis se rendit chez Lisa. Son amie habitait près de Hathaway Street, la rue où Tommy avait eu son accident. Quand Alice parvint au carrefour d'Elm Avenue, elle vit un homme grand et maigre, tenant une serviette en cuir, entrer dans une bijouterie. Il portait un costume occidental d'homme d'affaires et un turban de soie blanche qui accentuait son teint foncé et ses traits indiens. Mais, ce qui intrigua encore plus Alice, c'était l'homme qui

courait après lui : le barbu inconnu qui avait attaqué Redford !

Il faut absolument que je lui parle ! se dit la jeune fille. Elle gara hâtivement sa voiture dans un renfoncement de la chaussée vers le milieu de la rue et fonça en direction du magasin. Elle s'arrêta avant d'entrer.

« Lisa ! » murmura-t-elle en apercevant l'infirmière. Celle-ci parlait à l'indien et au bijoutier. Où était passé le barbu ? Avait-il vu Alice et décidé de prendre le large ?

La jeune fille fut tentée d'explorer la ruelle qui longeait un côté du magasin, mais le spectacle à l'intérieur piquait bien plus sa curiosité. Lisa montrait la bague de Redford au bijoutier. Soudain, celui-ci s'éloigna du comptoir et l'inconnu mit le bijou dans sa poche. Il se précipita vers la porte, mais Alice ouvrit celle-ci avec une telle violence que l'homme chancela.

« Vous avez pris la bague de cette femme ! » accusa Alice, alertant ainsi Lisa et le bijoutier.

Aussitôt, l'Indien la poussa brutalement contre le comptoir. Il allait se ruer dehors, quand le bijoutier et Lisa se jetèrent sur lui et le retinrent. Alice plongea la main dans la poche du voleur et en retira l'anneau.

« Lâchez-moi ! » hurla l'homme, sans se douter qu'on lui avait enlevé le bijou.

Il se libéra brusquement, traversa la chaussée et courut vers un autobus qui s'était arrêté au coin de la rue.

« Rattrapons-le ! » s'écria Alice.

Sans perdre un instant, Lisa s'élança vers la voiture, derrière son amie. Aussi vite qu'elle put, Alice tourna son véhicule dans le sens opposé. Le bus avait déjà une avance de plusieurs feux.

« Pourquoi n'as-tu pas mis la bague dans le coffre de l'hôpital ? demanda Alice en pressant l'accélérateur.

— Parce que Redford m'a suggéré de la montrer d'abord à un bijoutier. Il pensait qu'ainsi nous pourrions peut-être apprendre quelque chose sur le bijou et, par conséquent, sur lui-même. Je me suis donc rendue dans cette boutique, près de chez moi. Soudain, l'Indien est entré et a commencé à poser toutes sortes de questions. »

La voiture d'Alice avait rattrapé le bus à un arrêt. Plusieurs personnes commençaient à descendre. La jeune fille fit signe au conducteur d'attendre.

« Qu'est-ce que vous voulez ? cria l'homme par sa portière. Je suis pressé, moi !

— Un de vos passagers a essayé de nous voler ! » répondit Lisa.

Avant qu'Alice se soit garée, son amie sauta de l'auto, courut vers un policier posté un peu plus loin et l'amena rapidement vers le bus.

Quand les passagers eurent fini de descendre, Lisa et le policier montèrent. Il ne restait que fort peu de gens dans le véhicule. Mais l'homme au turban n'était pas parmi eux !

CHAPITRE III

Une perfide accusation

Dans son rétroviseur, Alice vit Lisa et le policier descendre du bus sans l'Indien. La jeune détective alluma aussitôt ses feux de détresse et, laissant sa voiture garée en double file, sauta dehors.

« Que s'est-il passé ? demanda-t-elle à son amie.

— Je ne sais pas. Toujours est-il que notre lascar s'est éclipsé. »

Le policier écouta les filles raconter leur histoire. Alice lui montra la bague de Redford.

« Heureusement que vous étiez là, Alice ! » dit l'agent.

La jeune fille avait acquis auprès de la police de River City la réputation d'être une détective enthousiaste et futée.

« J'avais l'intention d'aller voir M. Stevenson demain, dit Alice. Mais Lisa et moi devrions peut-être nous rendre au commissariat tout de suite.

— Bonne idée ! approuva le policier en souriant. D'autant meilleure que cela m'évitera d'avoir à emmener votre voiture à la fourrière ! »

Les filles jetèrent un coup d'œil en direction des clignotants allumés de l'auto d'Alice. La jeune détective réalisa soudain qu'elle s'était garée en double file à côté d'une voiture de police !

« Excusez-moi », marmonna-t-elle, confuse.

En arrivant au commissariat, Alice expliqua qu'elle devait entretenir le chef de deux affaires importantes. La première concernait un patient amnésique qui avait été attaqué dans sa chambre d'hôpital. L'autre, un conducteur qui avait failli écraser le jeune Tommy Johnson.

« Je suis au courant de l'une comme de l'autre, dit le commissaire, M. Stevenson, mais je n'ai pas le moindre indice sur la première et seulement un vague soupçon sur la seconde. »

Alice décrivit l'homme barbu.

« Je l'ai vu deux fois, dit-elle. La première fois, il s'est enfui dans une voiture marron avec une bande bleue sur le coffre.

— Quel était son numéro d'immatriculation ?

— Malheureusement, je n'ai pas pu le voir. »

Le commissaire s'accouda sur son bureau et hocha la tête d'un air pensif.

« Sauriez-vous à qui elle appartient ? interrogea Alice.

— Je crois que oui. Bien entendu, je n'ai aucune certitude, mais...

— Mais quoi ?

— J'ai l'impression que c'est la voiture qui a provoqué l'accident du petit Johnson. »

Alice en resta muette de surprise. En pensée, elle revit tous les événements de l'après-midi. Quel était le rapport entre l'homme d'affaires indien et le barbu ?

« J'ai le pressentiment que l'homme qui a attaqué l'amnésique et celui qui a renversé Tommy ne font qu'un ! s'écria-t-elle.

— C'est possible, convint M. Stevenson. Dès que j'aurai des renseignements plus précis, je vous préviendrai. »

Alice promit d'en faire autant de son côté et lui dit au revoir. Alors que les filles retournaient à la maison de Lisa, la jeune infirmière conseilla à Alice de garder la bague.

« Elle sera plus en sûreté avec toi, insista-t-elle. J'aurais vraiment dû la mettre dans le coffre-fort de l'hôpital, ajouta-t-elle d'un ton contrit.

— Elle est toujours en notre possession, heureusement ! répliqua Alice en souriant. De plus, ta visite à la bijouterie nous a fait rencontrer un curieux individu...

— Et permis d'obtenir un renseignement intéressant, ajouta Lisa. Jusqu'ici, je n'ai même pas eu le temps de te dire ce que M. Jhaveri, le bijoutier, pense de cette bague. C'est un expert en joaillerie étrangère. D'après lui, le bijou serait asiatique. L'Indien n'était pas d'accord sur ce point. Il ne cessait de répéter que la bague venait du Moyen-Orient. C'est alors que

M. Jhaveri est parti chercher des photos comme preuves de ses affirmations.

— Et que l'homme d'affaires indien a essayé de voler l'anneau.

— Exactement, confirma Lisa. Mais il n'avait pas compté avec Alice Roy », ajouta-t-elle.

Cette remarque fit monter le rouge aux joues de son amie.

Les filles s'arrêtèrent devant la maison des Scotti. Lisa ouvrit aussitôt la portière.

« J'ai promis à maman de préparer le dîner ce soir, dit-elle. Il faut que je me sauve. Merci et à demain. »

Après avoir quitté son amie, Alice repensa à la scène dans la bijouterie. Elle eut envie de retourner dans le magasin, mais un coup d'œil à sa montre lui apprit qu'elle était en retard d'une heure pour le dîner.

« Sarah se fait probablement du souci pour moi, se dit-elle. Elle a déjà dû passer dix coups de fil à l'hôpital. »

La jeune fille appuya sur l'accélérateur. L'aiguille du compteur se mit à osciller aux alentours de la vitesse limite. L'heure de pointe étant passée, Alice atteignit sa maison en quinze minutes. Mme Berny lui ouvrit, d'un air à la fois réprobateur et soulagé.

« Excuse-moi, dit Alice en l'embrassant. J'étais sur le point de rentrer quand...

— Tu as attrapé deux voleurs, trouvé trois indices et dû passer au commissariat, compléta Sarah sans pouvoir s'empêcher de sourire.

— Comment l'as-tu deviné ?

— Parce que je te connais, tout simplement ! » répondit la gouvernante.

Sans ajouter un mot à ce constat, Alice monta en courant au premier étage pour se laver les mains et se recoiffer. L'odeur alléchante d'une tarte aux pêches qui sortait de la cuisine la ramena très vite en bas, dans la salle à manger, où son père était déjà assis à table.

« Si tu savais tout ce que j'ai à te raconter, papa ! » s'écria Alice.

James Roy, un homme d'allure distinguée, dans la quarantaine, ne répondit pas tout de suite. Alice eut l'impression qu'il était soucieux.

« Quelque chose ne va pas, papa ?

— Non.

— C'est bien sûr ?

— Tout à fait.

— Je suis vraiment désolée d'être aussi en retard. »

En réponse, son père se contenta de faire un petit signe de tête, puis il but une gorgée d'eau.

« Alors, que t'est-il arrivé aujourd'hui ? » demanda-t-il enfin.

Malgré l'envie qu'elle avait de mettre son père au courant, Alice ne pouvait s'empêcher d'être troublée par l'humeur sombre de M. Roy. Elle lui décrivit néanmoins les rencontres qu'elle avait faites à l'hôpital, lui parla de la découverte de la bague et de l'accident de Tommy Johnson.

« C'est affreux ! » commenta Sarah quand la jeune fille se tut.

Pour la première fois depuis le début du dîner, le visage de M. Roy s'anima. L'avocat posa plusieurs questions, puis retomba dans son mutisme jusqu'à la fin du repas.

« Allons dans le living, Alice », dit-il.

Qu'est-ce qui tracassait ainsi son père ? se demanda la jeune fille. Elle s'enfonça dans les gros et moelleux coussins du fauteuil près de la cheminée, et attendit anxieusement.

« Je ne sais vraiment pas comment te l'annoncer... commença lentement M. Roy.

— Cela a-t-il un rapport avec le festival de musique ?

— Dans un sens, oui. » L'avocat fit une pause. « Il va falloir que tu interrompes pour un temps tes activités de détective. »

Alice ne pouvait en croire ses oreilles.

« Mais pourquoi ? Qu'ai-je fait ?

— Oh, *toi,* tu n'as rien fait de mal. C'est moi que les habitants de Castleton soupçonnent.

— Je ne comprends pas.

— Comme je te l'ai dit hier, c'est moi qui me suis occupé des négociations pour le festival de River City, pour le compte de River City.

— Des négociations entre la ville et les différents groupes d'artistes qui se produisent ici cet été ?

— Oui. Eh bien, j'ai été accusé de vol.

— De vol ? répéta Alice stupéfaite. Mais c'est absurde !

— La ville de Castleton affirme que River City lui a délibérément volé une des troupes de comédiens qu'elle avait engagée pour son théâtre de plein air.

— Je ne comprends toujours pas.

— C'est très simple, ma chérie. La compagnie de théâtre musical Jansen avait promis de jouer au théâtre de Castleton, mais son directeur a annulé le contrat au profit de River City. Le conseil municipal de Castleton me croit responsable de cette défection de dernière minute. » M. Roy eut un rire nerveux. « Bien entendu, ce n'est pas vrai, mais je n'arrive à convaincre personne de mon innocence, pas même notre maire !

— C'est pourtant ton ami, papa !

— En effet, mais il se trouve lui aussi dans une situation délicate vis-à-vis de Castleton, les deux villes ayant eu des projets communs concernant l'environnenent. »

Alice prit une profonde inspiration.

« Je t'aiderai, dit-elle.

— Non, Alice. Il vaut mieux que tu te tiennes tranquille. La troupe Jansen a connu plusieurs désagréments inexplicables et je crains qu'il ne t'arrive quelque chose.

— Tu sais bien que je suis assez grande pour me défendre, plaida Alice.

— Je préférerais que tu te contentes de clarifier le cas de ton amnésique », trancha M. Roy.

Au ton de sa voix, Alice comprit qu'elle ne devait pas insister.

C'est bien la première fois que papa m'ordonne d'abandonner une affaire avant même que je commence à m'en occuper, se dit-elle.

Pis encore : son père avait besoin de son aide, mais refusait de l'accepter.

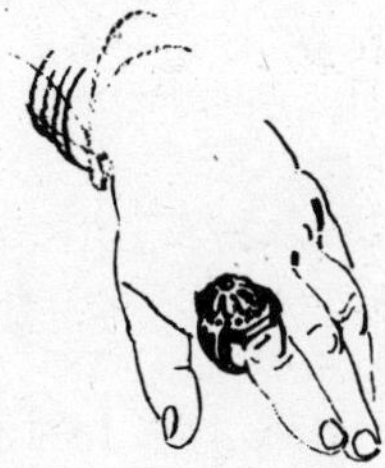

CHAPITRE IV

Suspect ?

« Alice, je t'en prie, ne te fais pas de souci pour moi ou pour le festival ! dit M. Roy.

— Mais papa... »

L'avocat leva la main pour indiquer qu'il ne voulait pas en entendre davantage.

« J'ai deux billets pour la soirée de demain, tu pourrais inviter Ned. »

Le visage d'Alice s'éclaira immédiatement.

« Mais promets-moi de n'y aller que pour écouter le concert. Pas d'enquête en coulisses. O.K. ?

— Comme tu voudras, papa. »

Elle bondit de son fauteuil et appela son ami, Ned Nickerson. Le jeune homme, qui allait à l'université d'Emerson, passait les vacances chez lui. Alice eut d'abord envie de lui parler des ennuis de son père, mais comme M. Roy se trouvait à proximité, elle s'en abstint.

Elle se contenta donc de l'inviter. Elle ajouta toutefois dans un murmure :

« J'ai beaucoup de choses à te dire.

— Dans ce cas, comment pourrais-je refuser ? » répondit Ned.

Il fut convenu que le garçon viendrait chercher Alice le lendemain soir à sept heures et demie. Entre-temps, elle voulait s'entretenir de diverses questions avec Bess et Marion.

« Allô, est-ce que Marion est là ? » demanda-t-elle après avoir composé le numéro des Webb.

A sa surprise, son amie n'était pas à la maison.

Peut-être était-elle allée chez Bess, se dit Alice. Elle allait appeler cette dernière, quand le timbre de l'entrée retentit.

« J'y vais ! » cria Alice en reposant le combiné.

C'étaient les deux cousines.

« N'ayant plus eu de tes nouvelles, nous nous sommes dit qu'il était arrivé quelque chose, expliqua Bess.

— Avons-nous raison ? demanda Marion.

— Oui, répondit Alice. Entrez. »

Tandis qu'elle leur coupait des parts de tarte aux pêches, elle raconta à ses amies tout ce qui s'était passé depuis leur départ de l'hôpital Rosemont.

« Heureusement, j'ai toujours la bague », soupira-t-elle.

Elle partit chercher le bijou. Quand elle revint dans la cuisine, elle portait également sa loupe. Les jeunes filles examinèrent la bague à tour de rôle. Grâce à la loupe, on pouvait voir

des entrelacs très fins de nénuphars. Sur la face interne, il y avait une initiale presque effacée ainsi qu'une silhouette indistincte debout sur une fleur. Un œil non exercé aurait pu prendre cette gravure pour de simples rayures.

« Je n'arrive pas à lire cette lettre, déclara Bess. Et vous ?

— On dirait un "P", répondit Alice. Lisa m'a dit que M. Jhaveri était sur le point de lui montrer un livre quand l'Indien a empoché la bague.

— Nous devrions aller à cette bijouterie demain, dit Marion.

— J'allais vous le proposer », affirma Alice.

*

* *

Alice dormit d'un sommeil agité, cette nuit-là. Elle rêva de la bague. Un personnage debout sur la scène du théâtre de River City la lui jetait, mais elle ne pouvait l'attraper parce que ses bras étaient attachés dans le dos.

« Alice ! Alice ! » appela une voix.

En réponse, la jeune fille marmonna quelque chose dans son oreiller. Soudain, ses persiennes s'ouvrirent et la lumière entra à flots dans la pièce.

« Alice, ma chérie, il est neuf heures passées. »

La jeune détective tira le drap au-dessus de sa tête. Sarah lui chatouilla la plante des pieds.

« Paresseuse ! Bess et Marion t'attendent en bas.

— Oh ! mon Dieu ! s'exclama Alice en sautant du lit. Elles sont déjà là ? »

Après une douche rapide, elle enfila une jupe et un chemisier, mit la bague de Redford dans son sac à main et descendit en hâte dans la salle à manger où son petit déjeuner était servi.

« Notre rendez-vous était bien à neuf heures ? » demanda Marion.

Alice fit un signe de tête affirmatif.

« Je ne me suis pas réveillée, dit-elle en avalant son jus de fruit.

— Ne bois pas si vite ! la gronda Sarah. Tu vas avoir une indigestion. »

En dépit de cet avertissement, Alice expédia son petit déjeuner, expliquant qu'elle avait plusieurs choses à faire.

« J'ai promis de passer au moins deux heures à l'hôpital, dit-elle. Vu que je me suis levée si tard, il vaut peut-être mieux que vous alliez voir M. Jhaveri sans moi.

— Tu crois ?

— Oui. De plus, je voulais prendre des nouvelles de Tommy et demander quelques renseignements à l'hôpital.

— Et la bague ? questionna Marion. Devrions-nous l'emporter ?

— Naturellement, répondit Alice. Quand vous en aurez terminé rapportez-la-moi à Rosemont, s'il vous plaît. »

Alors qu'Alice se dirigeait vers l'hôpital, Bess et Marion partirent en ville. A leur grand plaisir, M. Jhaveri se rappelait le curieux bijou. Il était ravi d'avoir l'occasion de le revoir.

« Votre amie n'a pas eu le temps de regarder mon livre, dit-il, mais je pourrais vous le montrer à vous. Cela vous intéresse-t-il ?

— Oh, oui ! répondit vivement Marion.

— J'en ai pour une seconde », dit le bijoutier.

Il disparut dans l'arrière-boutique, derrière le comptoir principal.

Pendant un instant, les cousines eurent l'impression que quelqu'un les épiait, mais quand elles se tournèrent vers la vitrine, elles ne virent personne.

« Je crois que nous sommes un peu trop méfiantes », chuchota Bess.

M. Jhaveri revint avec un gros livre.

« Cet ouvrage contient beaucoup d'histoires extraordinaires concernant des bijoux merveilleux et leurs propriétaires. »

Il feuilleta les pages, s'arrêtant ici et là pour montrer aux jeunes filles des photos de joyaux fabuleux : rubis, diamants, émeraudes taillés de mille et une façons.

« Ah ! Voilà ! annonça-t-il enfin : le maharajah Prithviraj de Lakshmipur. »

Bess et Marion pouffèrent de rire. La photo représentait un petit homme gros et court, à la figure aussi ronde que la tarte aux pêches de Sarah. Pour cacher son embonpoint, il portait une ample tunique. Chacun de ses doigts, sauf le pouce, était orné d'une bague exquise.

« Il paraît que le maharajah avait une véritable passion pour les nénuphars, dit M. Jhaveri. Ces fleurs poussaient à profusion dans les bassins de son jardin...

— Et il en marquait son linge, son argenterie et ses bijoux », compléta Bess en lisant la légende figurant sous l'image.

La bague de Redford avait-elle appartenu autrefois à ce prince hindou ? se demandèrent les filles. Mais, dans ce cas, comment était-elle parvenue aux Etats-Unis ?

Le timbre de la porte du magasin retentit soudain. Les cousines regardèrent fixement l'homme barbu qui entrait. Etait-ce celui qu'Alice avait poursuivi à l'hôpital Rosemont ?

Marion se hâta de remettre la bague dans son sac et ferma le livre.

« Vous ne voulez pas le regarder davantage ? demanda M. Jhaveri poliment.

— Non, merci... » répondit Marion en essayant de cacher sa nervosité. Elle poussa Bess du coude. « Nous devons partir, mais nous reviendrons sûrement.

— Ne vous sauvez pas à cause de moi, dit le client barbu. Je ne fais que jeter un coup d'œil à ces bijoux. »

Les filles ne se donnèrent même pas la peine de répondre. Elles se hâtèrent vers leur voiture.

« Nous aurions peut-être dû rester pour voir qui était ce type, dit Bess.

— Et ainsi lui donner l'occasion de nous entendre parler de la bague ? Tu es folle ! »

Au moment où elle mettait le contact,

Marion vit le bijoutier sortir du magasin, accompagné du barbu.

« Attendez, mesdemoiselles ! cria-t-il. Revenez, s'il vous plaît !

— Qu'est-ce qu'on fait ? » murmura Bess, anxieuse.

Son cœur battait à grands coups : l'inconnu courait vers elles.

CHAPITRE V

Le coup du professeur

« Je suis sûre que cet homme veut s'emparer de la bague de Redford ! s'écria Bess d'une voix tremblante.

— Garde ton sang-froid ! » ordonna sa cousine en coupant le contact.

L'homme barbu avait atteint la voiture des jeunes filles.

« Je suis le professeur De Niro, l'anthropologue », se présenta-t-il.

Marion reconnut aussitôt ce nom. Le professeur De Niro enseignait à Oberon College, une université locale. Il était rentré récemment d'une mission en Asie. *La Gazette de River City* avait publié un article sur lui.

« Je m'appelle Marion Webb et voici ma cousine Bess Taylor.

— Enchanté », dit le professeur.

Avec son plus beau sourire, Bess dévisagea l'homme : une fine cicatrice presque invisible traversait sa joue et disparaissait dans sa barbe mal taillée.

« Nous sommes un peu pressées, s'excusa Marion.

— Je ne veux pas vous retenir, mais... euh... la bague que vous avez montrée à M. Jhaveri m'intéresse beaucoup », fit le professeur.

Les cousines attendirent en silence qu'il continuât.

« Pourrais-je la voir ? »

Marion hésita, puis la curiosité l'emportant sur la méfiance elle ouvrit son sac. Le professeur pourrait peut-être leur fournir des indices sur l'identité de Redford !

« Voilà », dit la jeune fille en lui tendant le bijou.

Le professeur De Niro l'examina attentivement : il le tourna et retourna plusieurs fois.

« J'ai fait des recherches sur la région de l'Inde d'où vient cette bague, déclara-t-il. Avec votre permission, j'aimerais la photographier. Est-ce possible ?

— Elle n'est pas à nous, répondit Bess.

— Ah ! Je vois. Dans ce cas, pourriez-vous me mettre en rapport avec son propriétaire ? »

Les filles se consultèrent du regard.

« Ou peut-être pourriez-vous me donner son nom et son numéro de téléphone, poursuivit De Niro.

— Il est à l'hôpital », l'informa Marion.

Son cerveau travaillait à toute allure : Alice aimerait peut-être parler au professeur elle aussi ?

« Nous allons justement à Rosemont, monsieur. Nous pourrions vous y emmener. »

L'homme jeta un coup d'œil à sa montre.

« Oh ! s'exclama-t-il. Je suis déjà en retard de vingt minutes à mon rendez-vous. Il faudra que je vous appelle ! »

Sur ces paroles, il traversa la rue en courant et entra dans un parking, laissant les filles complètement stupéfaites.

« La bague ! Il a pris la bague ! » s'écria Marion.

Elle sauta de la voiture et se précipita sur les traces de l'homme. Elle cria son nom à tue-tête, mais le professeur roulait déjà.

« Alors ? demanda Bess quand sa cousine revint.

— Il a disparu.

— Et la bague de Redford avec ! Nous devons absolument la récupérer avant de revoir Alice. »

Marion acquiesça. Elle proposa à sa cousine de se rendre immédiatement avec elle à l'université.

« Bonne idée, répondit Bess. Peut-être parviendrons-nous à coincer le professeur avant qu'il ne commence son cours. »

Les filles repérèrent le bureau de De Niro dans un vieux bâtiment en pierre, près du foyer des étudiants. Sur un papier fixé sur la porte avec des punaises, on lisait : *HEURES D'OUVERTURE : 13 h 30 — 15 h.*

« Il devrait être là dans quelques minutes », déclara Marion avec un soupir de soulagement.

L'attente, toutefois, leur parut interminable. Des cahiers à la main, une foule d'étudiants défilèrent dans le couloir et se massèrent devant la porte d'un chargé de cours, à l'autre bout.

« Où peut-il bien être ? » demanda Bess avec impatience.

Comme en réponse à sa question, la grande porte d'entrée en bois s'ouvrit et un homme jeune, aux cheveux bruns, vêtu avec goût d'une chemise rayée et d'un pantalon kaki, s'avança vers elles.

« Que puis-je faire pour vous ? demanda-t-il en sortant une clé de sa poche.

— Nous cherchons le professeur De Niro, répondit Marion.

— Eh bien, vous l'avez trouvé, fit l'homme au visage glabre en souriant. Est-ce pour vous inscrire à l'un de mes cours ? »

Les filles le regardèrent, muettes de stupeur.

« Quelque chose ne va pas ? s'enquit le professeur.

— Non... enfin, je veux dire oui, bredouilla Bess. Auriez-vous un frère qui enseigne ici ?

— Non, répondit De Niro en riant, mais cela arrangerait certainement le directeur de mon département : j'ai été absent de l'université pendant près d'un mois. »

Se rendant compte que la bague de Redford était maintenant en possession d'un inconnu, les filles frémirent d'horreur. On les avait bel et bien roulées !

Aussitôt, Marion demanda :

« Monsieur De Niro, vous manquerait-il un papier d'identité, un permis de conduire, une carte de crédit ou un document semblable ?

— Non, pas que je sache. Pourquoi ? »

Marion raconta alors leur rencontre avec le barbu de la bijouterie.

« Il s'est fait passer pour vous ! s'écria Bess.

— Pour moi ? »

Entre-temps, le jeune homme avait ouvert son bureau. Il invita les cousines à s'asseoir.

« Il a dit qu'il faisait des recherches sur l'Inde et désirait photographier la bague que nous lui avions donnée à regarder, expliqua Marion.

— Je travaille effectivement à un projet gouvernemental qui a un rapport avec l'Inde, mais il n'a reçu aucune espèce de publicité », dit le professeur. Il réfléchit un instant. « Je me demande pourquoi quelqu'un emprunterait mon identité...

— Tout ce que nous savons, c'est que la bague a peut-être appartenu à un maharajah. »

Le jeune homme se renversa dans son fauteuil. Il regarda fixement les filles, mais sans les voir.

« Cet individu espère peut-être obtenir les renseignements que je cherche... murmura-t-il.

— Quelle sorte de renseignements ? s'enquit Bess.

— Désolé, mais je n'ai pas le droit de vous le dire », répondit De Niro.

Bess et Marion en conclurent qu'il était chargé d'une mission hautement confidentielle.

Restait à savoir si la bague y jouait un rôle et, dans ce cas, lequel.

Ils ne purent poursuivre leur entretien car une étudiante apparut à la porte. Elle tenait plusieurs cahiers.

« J'aurai peut-être besoin de vous revoir, dit le professeur De Niro en indiquant aux cousines qu'elles devaient partir.

— Et réciproquement », répondit Marion. Elle griffonna son numéro de téléphone sur un bout de papier. « Serez-vous ici demain ?

— Oui, j'ai un cours le matin et un autre l'après-midi. »

Les cousines le saluèrent et se hâtèrent vers la voiture.

« On dirait que l'affaire se corse... commenta Bess.

— Je commence à me demander si Redford n'a pas perdu la mémoire exprès, déclara Marion.

— Que veux-tu dire par là ? Qu'il simule l'amnésie ? Impossible !

— Moi aussi, j'ai du mal à le croire, mais cela ne prouve rien. Il avait peut-être de sérieux ennuis et cherchait une cachette.

— J'aurais choisi un endroit plus agréable qu'un hôpital ! fit observer Bess.

— Oui, mais peut-être essayait-il de s'enfuir quand il est tombé. Ensuite, il s'est retrouvé à l'hôpital. Comme il voulait que personne ne sache où il était, il a eu la bonne idée d'oublier son identité.

— Un peu tiré par les cheveux, non ?

— Oh, c'est une simple hypothèse », répondit Marion.

Les filles ne dirent plus grand-chose jusqu'à leur arrivée à Rosemont. Là, elles montèrent aussitôt dans la chambre de Redford. On avait tiré un rideau autour du lit du patient. Lisa s'entretenait avec un médecin.

« Où est Alice ? lui demanda Bess quand la conversation fut terminée.

— Elle est allée voir le docteur Anderson », l'informa Lisa.

De l'inquiétude perçait dans sa voix. Les cousines jetèrent un coup d'œil au rideau.

« Comment va Redford ?

— Maintenant, il va bien, répondit l'infirmière. Mais il y a une heure, il criait et étouffait. »

L'homme barbu était-il revenu attaquer le jeune homme ?

CHAPITRE VI

La harpiste a des ennuis

« Que s'est-il passé ? demanda Bess d'un ton anxieux.

— Le barbu... ? » commença Marion.

A cet instant, Alice se précipita vers elles.

« Redford a fait un affreux cauchemar, expliqua-t-elle en entraînant ses amies dans le couloir.

— Ouf ! fit Bess. Je croyais qu'il avait quelque chose de plus grave !

— Non, mais il a besoin de changer d'ambiance, déclara Alice. Le docteur Anderson est aussi de cet avis.

— Redford s'est-il suffisamment remis pour quitter l'hôpital ? demanda Marion à Lisa.

— Le médecin en décidera.

— Et, dans l'affirmative, où ira-t-il ? ajouta Bess.

— Chez moi, annonça Alice. Sarah lui préparera trois repas complets par jour et...

— Si avec ça il ne retrouve pas la mémoire, c'est à désespérer ! commenta Bess en riant.

— Au fait, dit Alice, se rappelant soudain la mission dont elle avait chargé ses amies, avez-vous la bague ? »

C'était la question que les cousines redoutaient. Elles avalèrent péniblement leur salive.

« Euh... j'ai bien peur que non », bredouilla Marion.

Puis elle raconta tout ce qui leur était arrivé. Pour terminer, elle décrivit leur visite à Oberon College.

Alice était atterrée.

« C'était notre unique indice pour découvrir l'identité de Redford, fit-elle en soupirant.

— Je sais bien que ça ne sert à rien de le dire, mais nous sommes vraiment navrées », assura Bess.

Alice passa ses bras autour des épaules de ses amies.

« Ne vous tracassez pas. Cet individu devait être drôlement fort pour duper deux petites futées comme vous ! »

Apercevant le médecin de Redford au bout du couloir, elle ajouta :

« Excusez-moi un instant. Je dois parler au docteur Anderson. »

Elle s'approcha en hâte du médecin, puis, au bout de quelques minutes de conversation, elle revint vers ses amies.

« Il veut garder Redford ici jusqu'à demain, après le déjeuner... annonça-t-elle, mais après cela, Redford appartiendra à la famille Roy !

— Je me demande comment Ned prendra la nouvelle... marmonna Marion.

— Ned ? Il n'est pas jaloux pour deux sous ! assura Alice. Je lui expliquerai tout ce soir. »

Cependant, quand elle rentra chez elle plus tard dans l'après-midi, elle dut admettre qu'il n'y avait pas que la disparition de la bague de Redford qui la tracassait. Elle se demandait aussi si son nouveau plan était bien raisonnable. Après tout, Redford n'avait que quelques années de plus que Ned et ce dernier s'était souvent plaint de ce qu'elle passât plus de temps à résoudre des énigmes qu'en sa compagnie. Son ami risquait fort de trouver qu'elle tirait un peu trop sur la corde avec ce nouveau mystère où se trouvait mêlé un beau jeune homme.

Son père, toutefois, ne partagea pas son avis.

« Ned comprendra que notre maison offre à Redford le meilleur refuge », déclara-t-il.

Aussi quand Ncd arriva, Alicc lui annonça gaiement la nouvelle.

« Quelque chose ne va pas ? » demanda-t-elle en voyant s'assombrir le visage souriant de son ami.

Ned secoua la tête.

« Il se fait tard, répondit-il, et je ne veux pas dépasser la vitesse limite sur le chemin du théâtre.

— Au revoir tout le monde ! » cria Alice alors que les jeunes gens se hâtaient vers la voiture de Ned.

Pendant qu'elle attachait sa ceinture de sécurité, elle dit :

« Papa pense que Redford sera plus en sûreté chez nous qu'à l'hôpital.

— Il a sans doute raison », convint Ned, tendu.

Ensuite, il desserra à peine les dents jusqu'à leur arrivée au théâtre. Là, plusieurs voisins des Roy saluèrent Alice. D'autres habitants de la ville, principalement des membres du conseil municipal, la dévisagèrent avec froideur.

« Est-ce que je rêve ou est-ce que le maire et sa femme viennent de faire semblant de ne pas te voir ? demanda Ned.

— Non, c'est la réalité, répondit Alice, gênée. Mais tu as dû remarquer que je leur ai souri quand même. Je t'expliquerai plus tard. »

Alors qu'ils se dirigeaient vers les fauteuils d'orchestre, les jeunes gens entendirent un murmure s'élever derrière eux. Ajustant son châle, l'épouse du maire se pencha à l'oreille de la femme d'un conseiller. Celle-ci lui répondit par un chuchotement bruyant. Alice savait que les deux femmes parlaient de son père.

« Ne peux-tu me l'expliquer tout de suite ? demanda Ned à voix haute.

— Non... »

La jeune fille n'eut pas le temps d'achever sa phrase : les musiciens entraient en scène. Quand ils furent tous assis, un homme grisonnant, tenant sa baguette de chef d'orchestre, grimpa sur l'estrade.

Des applaudissements éclatèrent, puis redoublèrent, quand une jeune femme rousse s'installa derrière une harpe brillante.

Ned consulta le programme. Angela Pruett, la harpiste, se produisait en soliste dans le premier morceau : *Introduction et allegro* de Maurice Ravel.

Mais, lorsqu'elle commença à jouer, les cordes de son instrument firent des couacs affreux. On aurait dit une bande d'oiseaux chantant faux !

« Que se passe-t-il ? chuchota Ned à Alice.

— Je n'en sais rien. Sur scène, tout le monde a l'air aussi surpris que nous. »

L'orchestre s'arrêta de jouer. Le chef d'orchestre et la harpiste échangèrent des regards déconcertés et quelques mots.

Le maestro se tourna vers le public.

« Mesdames et messieurs, dit-il, veuillez nous excuser : la harpe de Mlle Pruett semble être complètement désaccordée. Nous allons exécuter tout de suite la seconde œuvre inscrite à notre programme. Mlle Pruett interprétera *Introduction et allegro* après l'entracte. »

Alice se pencha vers Ned.

« C'est vraiment étrange, murmura-t-elle. On aurait dû accorder et vérifier cet instrument avant le début du concert...

— Quelqu'un l'a peut-être tripoté », avança Ned.

C'était bien ce que pensait Alice. Mais qui pouvait bien vouloir gâcher cette soirée musicale ?

Pendant l'entracte, elle fut tentée de se rendre dans les coulisses, mais elle décida d'attendre la fin du concert. A sa grande joie, le reste du programme fut une réussite et se déroula sans autre incident.

« J'ai trouvé ce concert merveilleux ! dit Ned alors que les musiciens quittaient la scène.

— Oh ! que cela me fait plaisir ! s'écria Alice en saisissant brusquement la main de son ami.

— Si j'avais su qu'il suffisait de ces quelques mots... dit Ned.

— Viens, l'interrompit Alice, je voudrais parler à Mlle Pruett. »

Ned secoua la tête d'un air désolé.

« Et moi qui croyais que nous allions passer une soirée tranquille, sans enquête ! » marmonna-t-il.

Ne tenant aucun compte de cette remarque, Alice demanda à une ouvreuse où se trouvait l'entrée des artistes.

« Dehors à gauche », lui répondit-on.

Les jeunes gens se hâtèrent vers la sortie. Alice ne fit même pas attention aux regards inamicaux que lui lancèrent le maire et sa femme quand elle passa devant eux. L'instant d'après, Ned et elle gravissaient l'escalier qui menait à la loge des musiciens.

« Mademoiselle Pruett ! » appela Alice quand la jeune femme sortit enfin de la pièce.

La harpiste lui jeta un regard craintif.

« Oui ? fit-elle.

— Je suis Alice Roy et voici mon ami Ned Nickerson... »

Remarquant les programmes que les jeunes gens tenaient à la main, Mlle Pruett demanda :

« Désirez-vous un autographe ?

— Non... je veux dire, oui », répondit Ned en accentuant son sourire.

Il tendit son stylo à l'artiste. Celle-ci le prit et griffonna son nom.

« Quelle jolie écriture ! » la complimenta Alice.

Elle remarqua toutefois une certaine raideur dans l'arrondi des lettres. La harpiste était peut-être fatiguée, après le concert, pensa-t-elle. Ou bien ne s'était-elle pas encore remise de l'incident du début ?

« Mademoiselle Pruett, commença Alice, si vous le permettez j'aimerais vous poser quelques questions au sujet de...

— Au sujet de cette chose humiliante qui m'est arrivée ? répliqua la jeune femme, les larmes aux yeux. C'est tout à fait inexcusable ! »

Alice expliqua qu'elle était détective amateur. En outre, précisa-t-elle, elle s'intéressait particulièrement au festival de musique parce que son père en avait été l'un des organisateurs.

« Nous avons l'impression que quelqu'un a tourné exprès toutes les clés de votre harpe », déclara Ned.

Mlle Pruett cligna des paupières. On aurait dit qu'elle voulait chasser le souvenir de cet incident désagréable de sa mémoire.

« Je vous remercie de votre sympathie, répondit-elle, mais je préférerais ne pas parler de ma mésaventure maintenant.

— Serez-vous ici demain ? s'informa Alice.

— Oui, mais il faudra que je me sauve dès

la fin du concert », affirma la musicienne. Elle ajouta nerveusement : « J'ai des courses à faire. Et maintenant, excusez-moi, je dois absolument m'en aller.

— Mais... » fit Alice, espérant encore obtenir un rendez-vous.

Peine perdue, la jeune femme s'éloigna et disparut par une porte au fond de la salle.

« De toute évidence, elle ne veut pas de notre aide, commenta Ned.

— Pourtant, j'ai l'impression qu'elle en a vraiment besoin ! » assura Alice.

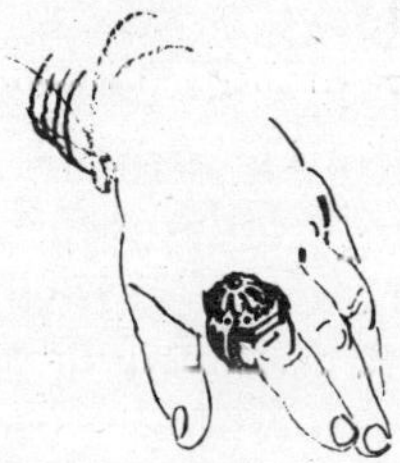

CHAPITRE VII

Une jeune fille disparaît

« A propos d'aide, dit Ned, j'en aurais besoin, moi aussi.

— Toi ? » s'étonna Alice en scrutant le visage de son ami. Ned soupira. Chez Alice la surprise fit place à de la curiosité.

« Vas-tu me faire languir ainsi longtemps ? » demanda la détective alors que les jeunes gens se dirigeaient vers la voiture.

Le garçon savourait l'intérêt qu'il avait éveillé.

« Raconte-moi plutôt ce qui t'est arrivé, répondit-il en riant.

— Tu n'es pas gentil, répliqua Alice, froissée. Nous sommes amis. Or, si j'ai bien compris, tu refuses mon aide.

— Je n'ai jamais dit ça ! » protesta Ned, désolé d'avoir amorcé cette conversation.

Alice, à son tour, s'enferma dans le mutisme. Ce n'est que lorsqu'ils arrivèrent devant un café-restaurant nouvellement ouvert en ville qu'elle murmura, l'air buté :

« Tu ne l'as pas dit, mais c'est tout comme...

— Et toi, tu fais d'une mouche un éléphant », répliqua Ned en coupant le contact.

La jeune fille enfouit soudain son visage dans ses mains.

« Excuse-moi, dit-elle. Je dois être un peu énervée à cause de papa. Lui aussi refuse qu'on l'aide.

— Entrons ici prendre quelque chose, proposa Ned. Ensuite, tu me raconteras tout.

— D'accord », répondit Alice d'une voix douce.

Les jeunes gens pénétrèrent dans le café et, pendant un moment, Alice oublia scs soucis. Des miroirs biseautés ornaient les murs et une rangée de lampes 1920 pendaient au plafond, transportant les consommateurs dans une autre époquc.

« Quel curieux endroit ! commenta Ned alors qu'ils s'installaient à une table.

— En effet », acquiesça Alice en ouvrant le grand menu qu'une serveuse lui avait donné.

Elle parcourut la longue liste des plats.

« Si je prenais un Tango Fandango ? fit-elle en riant. C'est peu de chose : rien que cinq boules de glace recouvertes de sauce melba, de noix de coco râpée et de raisins secs ! »

Cependant, quand la serveuse vint noter leur commande, les jeunes gens demandèrent sagement des *sundaes* nappés de chocolat chaud et du thé.

Alice résuma alors à Ned la conversation qu'elle avait eue un peu plus tôt avec M. Roy.

« C'est absurde ! s'écria Ned quand la jeune fille se tut. Comme si ton père était capable d'une action aussi sournoise !

— Il m'a dit que la compagnie Jansen avait eu des ennuis. Toutefois, il ne m'a pas précisé lesquels.

— Il t'a demandé également de ne pas te mêler de cette affaire. »

Pour éviter le regard insistant de Ned, Alice baissa les yeux.

« Que les gens puissent accuser ainsi papa m'est insupportable, admit-elle. C'est pourquoi je ne peux pas m'empêcher d'essayer de faire la lumière sur cette affaire ! »

A ce moment, la serveuse apporta les glaces. Alice prit une cuillerée de la montagne de chantilly qui surmontait sa coupe et la mit dans son thé. Puis, d'un air distrait, elle remua longuement le liquide.

« Si tu as besoin d'aide, je suis à ta disposition, dit Ned. Mais je pense que tu ne devrais pas agir contre la volonté de ton père.

— Oh ! papa a simplement peur qu'il ne m'arrive quelque chose. Mais, en ta compagnie, je serai en parfaite sécurité ! »

A ces mots, le jeune homme rougit. Il enfonça sa cuiller dans la glace et attrapa un peu de la sauce au chocolat qui flottait dans la coupe. Ils avaient presque terminé de manger, quand Alice demanda soudain :

« Au fait, pour quelle raison avais-tu besoin d'aide ?

— Euh... Je t'ai menti, avoua Ned. J'essayais tout simplement d'attirer un peu de ton attention sur ma modeste personne.

— Ah... je vois !

— De toute façon, avec cette grande enquête en perspective, je n'aurais plus guère le temps de penser à mes petits tracas.

— T'ai-je vraiment négligé à ce point ? » demanda doucement Alice.

En réponse, le jeune homme sourit, mais il décida de changer de conversation. Comme il était onze heures, il proposa à Alice de la ramener chez elle.

En atteignant la maison des Roy, les jeunes gens furent surpris de voir par la fenêtre éclairée du living qu'il y avait une visiteuse.

« Mais, c'est Angela Pruett ! s'écria Alice. Elle parle avec papa. »

Ned et elle se hâtèrent vers la porte d'entrée que Sarah avait laissée ouverte pour eux. Lorsqu'ils pénétrèrent dans le vestibule, la conversation dans l'autre pièce s'interrompit.

« C'est toi, Alice ? demanda M. Roy.

— Oui, moi et Ned, répondit la jeune fille en entrant dans le living.

— Si je comprends bien, vous avez déjà fait la connaissance de Mlle Pruett, ce soir, au théâtre.

— Oui, j'espérais vous revoir », dit Alice à la harpiste.

La musicienne se renversa sur son fauteuil et ferma les yeux un instant.

« Mlle Pruett essaie depuis plusieurs jours de retrouver sa sœur. Celle-ci est partie il y a un mois faire une retraite dans une sorte de communauté religieuse. Elle semble y être encore.

— Où se trouve cette communauté ? s'enquit Alice.

— Quelque part dans les collines qui entourent River City, répondit la harpiste. Je ne sais pas exactement où. Phyllis, ma sœur, étudie la méditation transcendantale.

— Comment ? Vous habitez notre ville, mademoiselle ? s'étonna Ned.

— Non. Appelez-moi Angela, je vous prie. Comme je l'ai expliqué à votre père, Alice, je n'ai accepté ce travail au festival que pour revoir ma sœur. Elle s'est enfuie de chez nos parents, il y a un an et je n'ai reçu de ses nouvelles que le mois dernier. Elle me demandait toutefois de ne révéler son adresse à personne. Dès que j'ai su où elle était, j'ai cherché un moyen de passer l'été ici. J'espérais la convaincre de rentrer avec moi. Elle n'a pas encore dix-sept ans.

— Habite-t-elle dans la communauté ? interrogea Alice.

— Non. Selon sa lettre, elle a loué une chambre chez des particuliers dont le fils serait parti à l'université, si j'ai bien compris. J'ai appelé Mme Flannery, la logeuse, dès mon arrivée. Elle m'a dit qu'elle n'avait pas vu

Phyllis de tout le week-end. J'ai alerté la police, mais au commissariat on n'a pas l'air d'avoir le moindre indice. Après vous avoir vus, ce soir, je me suis dit que je devrais peut-être engager un détective privé et je me demandais si... »

Un grand sourire éclaira le visage d'Alice.

« Je regrette, Angela, mais m'engager est impossible, déclara la jeune fille.

— Vous ne voulez pas m'aider, alors ?

— Au contraire ! Mais seulement à titre gratuit.

— Nous retrouverons votre sœur, promit Ned.

— Absolument, confirma Alice en glissant son bras sous celui de son ami. Nous commençons les recherches dès demain. »

Mais, alors qu'elle prenait cet engagement, elle pensa à Redford, à la bague disparue, à son travail à l'hôpital et à Tommy Johnson. Où trouverait-elle le temps pour s'occuper de tout cela ?

Ned l'appela le lendemain matin de bonne heure.

« Quel est le programme de la journée ? demanda-t-il gaiement. Es-tu prête à partir explorer les collines de River City ? »

Alice rit.

« Il faut d'abord que j'explore les couloirs de Rosemont ! répondit-elle. C'est aujourd'hui que je dois amener Redford chez nous. »

Il y eut un grand silence à l'autre bout du fil, puis Ned s'éclaircit la voix.

« A quelle heure ? s'informa-t-il.

— Oh, vers midi, probablement. »

Alice avait également la vague intention d'aller rendre visite à M. De Niro dans son bureau, à Oberon College. Mais elle devait d'abord découvrir l'horaire du professeur. Aussi n'en parla-t-elle pas à Ned.

« Veux-tu passer me prendre chez moi vers deux heures ? demanda-t-elle à son ami.

— O.K., répondit celui-ci avec un regain d'enthousiasme. Pendant un instant, j'ai cru que tu allais annuler tous nos plans pour aujourd'hui.

— Moi ? quelle idée ! s'écria Alice. A cet après-midi ! »

Ensuite, elle appela Bess et Marion pour les mettre au courant des événements de la veille au soir.

Leurs mères allaient faire des courses, expliquèrent les cousines, et leur avaient demandé de les accompagner.

« Nous ne voudrions pas les décevoir, déclara Bess, mais si tu as absolument besoin de nous...

— Ne vous tracassez pas ! » répondit Alice.

Ellc lcur fit part de ses projets pour la journée et promit de les rappeler dans la soirée.

« A moins que Ned et moi ne nous perdions dans les bois ! » ajouta-t-elle.

La matinée à l'hôpital passa très vite. Tommy Johnson allait beaucoup mieux. Entre deux tâches, Alice s'arrêtait chez lui. A sa dernière visite, elle lui apporta un grand livre d'images.

« Oh ! C'est amusant ! fit le jeune patient en regardant les illustrations.

— Tu vois la souris dans l'horloge ? En arrivant sur le douze, la petite aiguille la fera tomber du clocher.

— Quelle heure est-il maintenant ? s'informa Tommy.

— Presque onze heures trente.

— Alors la souris a encore trente minutes pour se sauver.

— Moi aussi ! dit Alice en ébouriffant les cheveux du garçon. Salut. A demain ! »

Elle enfila le couloir en courant et prit l'ascenseur jusqu'à l'étage de Redford. Le jeune homme s'était remis de son cauchemar de la veille. Tout habillé, il attendait qu'on vînt le chercher avec une chaise roulante pour l'emmener au rez-de-chaussée.

« Je vous suis infiniment reconnaissant, dit-il à Alice. J'espère que je ne vous dérangerai pas trop, vous et votre père.

— Ne dites pas de sottises ! Je suis sûre qu'un changement de décor vous fera du bien.

— Et un peu d'air frais aussi », dit Redford en reniflant l'odeur âcre de désinfectant qui flottait dans le couloir.

A dessein, Alice avait passé sous silence le fait que les Roy s'inquiétaient au sujet de sa sécurité. Inutile de le rendre encore plus anxieux ! se dit-elle.

Quand ils arrivèrent enfin chez Alice, Redford paraissait presque heureux. Malgré son état de faiblesse, il salua Sarah avec beaucoup de chaleur. La gouvernante et Alice le conduisirent à sa chambre où il se laissa tomber dans un fauteuil.

« Reposez-vous jusqu'à l'heure du dîner », conseilla Mme Berny en fermant doucement la porte.

Alice lui expliqua brièvement qu'elle sortait pour l'après-midi. Elle s'efforcerait toutefois de rentrer avant six heures.

« Comme c'est curieux ! J'ai l'impression d'avoir déjà entendu cela quelque part... » ironisa Sarah.

Alice rit.

Elle monta se changer. Elle mit ses plus vieux jeans et un chemisier à manches longues. Peu après, elle répondit à un appel d'Angela Pruett qui venait aux nouvelles avant de sortir pour jouer dans un concert.

« Ned va arriver d'un moment à l'autre, puis nous partirons chercher cette communauté religieuse, lui annonça Alice.

— J'ai bien fait de vous téléphoner maintenant, alors ! Je viens en effet de relire la lettre de Phyllis. Elle m'y décrit un peu sa fameuse retraite à laquelle elle donne le nom indien d'*ashram*. Apparemment, celui-ci se trouve près d'un grand la... »

Soudain, ce fut le silence. La communication avait été coupée ! Alice composa le numéro de la harpiste, mais n'obtint que le signal « occupé ».

Je vais passer par les réclamations, se dit-elle et elle fit le zéro.

« J'essaierai de vous remettre en ligne », répondit l'opératrice d'un ton neutre.

Debout au téléphone, Alice attendit anxieusement de réentendre la voix d'Angela.

« Désolée... » C'était de nouveau l'opératrice. « Le numéro que vous m'avez demandé est en dérangement. »

Zut ! pensa Alice. Et dire qu'elle avait été sur le point d'avoir des renseignements importants sur l'emplacement de l'ashram !

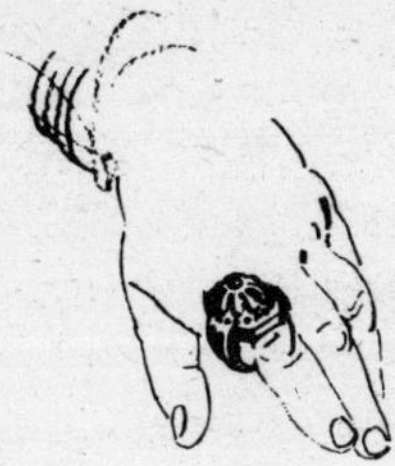

CHAPITRE VIII

Une piste embrouillée

Alors qu'elle se tenait près du téléphone, dans l'entrée de sa maison, Alice vit quelqu'un monter l'allée en courant. Elle ouvrit la porte.

« Bonjour, Ned ! » cria-t-elle et son expression désappointée disparut comme par enchantement.

« Tu es prête ? demanda son ami en lançant un coup d'œil aux chaussures de sport que portait la jeune fille. A ta place, je mettrais des baskets. Nous devrons peut-être faire une longue marche.

— Tu as sans doute raison... répondit Alice, le regard vague.

— Quelque chose ne va pas ? » s'enquit Ned.

La jeune détective lui raconta alors ce qui venait de se passer.

« Je suis persuadée qu'au moment où nous avons été coupées, Angela allait mentionner le nom d'un lac. Si seulement je pouvais la joindre ! Mais elle doit être à son concert maintenant.

— Nous n'avons qu'à regarder une grande carte de River City, suggéra Ned en suivant la jeune fille dans la maison.

— Si c'était aussi facile ! soupira Alice. A ton avis, combien y a-t-il de lacs dans la région ? »

Ned haussa les épaules.

« Une centaine ?

— Pas autant, tout de même ! Mais il y en a au moins trois ou quatre grands. Explorer chacun d'eux nous prendrait plusieurs jours.

— Et alors ?

— Alors... nous n'avons pas tellement de temps, reprit Alice. Chaque jour passé à chercher Phyllis Pruett représente un jour de moins passé à aider Redford à découvrir son identité. »

Sa voix trembla légèrement.

Ned posa ses mains sur les épaules de la jeune fille.

« L'important, c'est que Redford ait trouvé un foyer », assura-t-il doucement.

Alice sourit, puis soupira :

« Excuse-moi, j'ai vraiment les nerfs en boule ces jours-ci ! »

Ned ne répondit pas. Il savait que l'irritabilité d'Alice était due aux démêlés que M. Roy avait avec les habitants de River City.

La jeune fille monta finalement l'escalier en courant pour changer de chaussures. Elle s'arrêta un instant sur le palier pour lancer :

« Combien de lacs pouvons-nous visiter d'ici à minuit ?

— Oh ! Une bonne douzaine ! » répondit Ned en riant.

Alice redescendit avec une carte routière de River City.

« Elle indique vraiment tout, déclara-t-elle gaiement, même des repères aussi importants que notre nouveau centre commercial, dans Oak boulevard !

— Indique-t-elle aussi l'ashram de Phyllis ?

— Ça serait bien pratique, n'est-ce pas ? » fit Alice en dépliant la carte sur la table de la salle à manger.

Elle regarda deux étendues d'eau représentées de chaque côté d'une crête de montagne, près de l'aéroport de la ville. Une troisième se trouvait plus au sud, près de Castleton.

« Faisons d'une pierre deux coups, plaisanta Ned. Commençons par ces deux-là. »

Il désigna le lac des Cygnes et l'étang Vert.

Moins d'une heure plus tard, les jeunes gens roulaient sur une route abrupte qui menait au second lac. Au sommet de la colline, il y avait un point de vue. Ned arrêta la voiture.

« Voilà l'étang Vert ! » s'écria Alice.

Au-dessous d'eux brillait une eau aux reflets bleu-vert qui s'étendait derrière un promontoire rocheux.

« Vois-tu quoi que ce soit qui ressemblerait à un ashram ? demanda Ned.

— Non, mais il y a une série de magasins au bas de cette route. Or, les gens qui font des

retraites doivent bien acheter des provisions de temps à autre...

— Très juste ! » remarqua Ned.

Ils entrèrent dans une charcuterie. Les jeunes gens n'attirèrent guère l'attention des quelques clients debout devant le comptoir. Dès que ceux-ci eurent été servis, Alice demanda au vendeur s'il y avait une communauté religieuse dans le coin.

« Non », répondit d'abord l'homme, puis, il réfléchit. « Mais il paraît qu'il y a un truc de ce genre au lac des Cygnes.

— Savez-vous où, exactement ? interrogea Alice, tout excitée.

— Non... mais une fois sur place, vous trouverez certainement quelqu'un pour vous renseigner.

— Merci beaucoup ! »

Les jeunes gens se précipitèrent dehors.

« Tu vois ? fit Ned. Je t'avais bien dit que ce serait facile.

— Presque trop, il me semble... » répondit Alice.

Pendant qu'ils roulaient, elle regarda le paysage, espérant apercevoir une maison ou un hôtel converti en ashram. Toutefois, elle ne vit qu'un homme âgé qui travaillait dans un jardin gagné sur la forêt.

« Selon la carte, le lac des Cygnes ne devrait être qu'à quelques kilomètres d'ici, de l'autre côté de la crête », déclara Ned. Presque aussitôt, il aperçut une enseigne dans le lointain. « C'est peut-être l'endroit que nous cherchons... »

Il accéléra. Quelques secondes plus tard, les jeunes gens atteignirent l'entrée d'un petit motel construit en rondins. Plusieurs voitures étaient garées devant. Un jeune couple émergea de l'une d'elles avec deux bébés, des valises et un équipement de pêche.

« Où est le lac, s'il vous plaît ? leur demanda Alice.

— Là, en bas », répondit l'homme en désignant un sentier derrière l'hôtel.

Ned voulut s'y rendre tout de suite, mais Alice trouva préférable de recueillir d'abord des renseignements supplémentaires.

« A la réception, on pourra peut-être nous préciser l'emplacement exact de l'ashram, dit-elle. Cela pourrait nous épargner un long chemin.

— Et peut-être aussi de nous faire lacérer par les ronces », ajouta Ned en remarquant les broussailles le long de la piste.

L'hôtel était aussi rustique au-dedans qu'au-dehors. Des rideaux en vichy pendaient aux fenêtres et des nattes de paille recouvraient le vieux plancher grinçant. Les jeunes gens s'approchèrent de la réception. Le couple auquel ils avaient parlé quelques instants plus tôt venait de louer une chambre. L'employé tourna son regard vers Ned et Alice.

« Vous désirez ? » demanda-t-il d'un ton aimable.

Alice lui expliqua pourquoi Ned et elle

étaient dans la région. Quand elle se tut, le réceptionniste répondit :

« Je ne travaille ici que depuis un mois, mais je vais me renseigner auprès d'un de mes collègues, au bureau : il saura peut-être où se trouve cette communauté. »

Tandis qu'il se rendait dans une pièce contiguë, les jeunes gens regardèrent les quelques personnes assises dans le hall. Toutes portaient des habits de sport, sauf un homme vêtu d'un complet et d'une cravate. Alors que le réceptionniste revenait avec son collègue, l'inconnu en costume de ville disparut dans l'escalier.

« Voici, M. Keshav Lal », dit le réceptionniste en présentant l'autre employé.

A en juger par son teint basané, ses grands yeux bruns et son nom, celui-ci devait être indien.

« Vous cherchez Ramaswami ? demanda Lal.

— Euh... » fit Alice, surprise.

Son cœur battait à grands coups : allait-on enfin les mettre sur la bonne piste ?

« Oui, répondit Ned avec une présence d'esprit remarquable. Où pouvons-nous trouver M. Ramaswami ?

— Nous l'appelons swami », rectifia Lal. Il eut un petit rire silencieux. « Malheureusement, c'est tout ce que je peux vous dire.

— Je ne comprends pas, s'étonna Alice. Si vous assistez à la retraite qu'organise ce saint homme, vous devez... »

Avant qu'Alice ait pu terminer sa phrase, l'inconnu en complet-veston réapparut soudain.

Il se pencha vers le réceptionniste, tambourinant sur le comptoir.

« Impossible d'avoir une conversation téléphonique ici ! gronda-t-il. J'ai été coupé deux fois !

— Désolé, monsieur Flannery. »

Flannery ? se dit Alice. C'était le nom de la logeuse de Phyllis Pruett. Cet homme était-il son mari ?

Alice le regarda du coin de l'œil : son visage lui rappelait vaguement quelque chose.

« Excusez-moi, dit-elle, s'adressant à l'homme, je cherche une jeune fille nommée Phyllis Pruett. Or elle vivait chez une certaine famille Flannery.

— Je ne la connais pas », répondit l'autre sèchement.

M. Lal reprit avec la jeune fille leur conversation interrompue.

« Dites-moi d'abord votre nom, exigea-t-il.

— Alice Roy et voici mon ami Ned Nickerson. »

Tandis qu'elle parlait, Lal tourna les yeux vers quelqu'un, qu'elle ne pouvait voir. Peut-être était-ce Flannery.

« Et maintenant, m'indiquerez-vous où habite le swami ? demanda la jeune détective en feignant de ne pas remarquer l'étrange attitude de Lal à son égard.

— Bien sûr, répondit l'Indien. A la lisière du bois, près du lac, vous trouverez une grande cabane. Vous prenez le sentier derrière...

— Ah oui, je l'ai vu, dit Ned.

— C'est une assez longue marche, vous savez. Près d'un kilomètre et demi.

— Dans ce cas, nous ferions bien de nous mettre en route tout de suite », dit Alice à Ned.

Alors qu'ils s'éloignaient de l'hôtel, elle murmura :

« Ne te retourne pas : ce type, Flannery, nous observe.

— Et toi, ne lève pas la tête : un orage est sur le point d'éclater.

— Mais non, il ne pleuvra pas ! Viens. Faisons la course jusqu'au lac ! »

Les jeunes gens dévalèrent le sentier, à peine visible entre les broussailles. De temps à autre, ils s'arrêtaient pour regarder au bas de la pente boisée, s'attendant à voir apparaître la cabane du swami.

« Si nous n'arrivons pas bientôt, nous allons nous faire saucer ! » prédit Ned en sentant une goutte sur sa nuque.

Le garçon ne se trompait pas : une minute plus tard, il pleuvait à torrents.

La violence de l'orage arracha des feuilles et de petites branches aux arbres. La piste était de moins en moins visible. Etaient-ils encore loin du but ? se demanda Ned.

« Retournons à la voiture ! » cria-t-il sous le déluge.

Alice, qui marchait devant, répondit quelque chose, mais il ne l'entendit pas. Il ralentit, prêt à rebrousser chemin. Son amie, cependant, s'enfonçait plus avant dans le bois. Elle ne se retourna qu'une seconde.

« Que fais-tu ? cria-t-elle.

— Je remonte au motel ! Viens vite ! »

Mais la jeune détective était résolue à atteindre le lac. Et s'il continuait à pleuvoir, quelle importance ? De toute façon, elle était déjà trempée jusqu'aux os.

A contrecœur, Ned céda. Il se mit à courir pour la rattraper. L'averse diminua peu à peu d'intensité. Les jeunes gens parvinrent enfin dans une petite clairière, au bord de la forêt.

« Ça doit être là ! » s'écria Alice en apercevant une cabane.

Elle s'élança vers l'habitation. Ned vit une femme qui les regardait par une fenêtre pratiquée dans la porte. Derrière elle, la lumière s'éteignit brusquement, puis l'inconnue baissa le store.

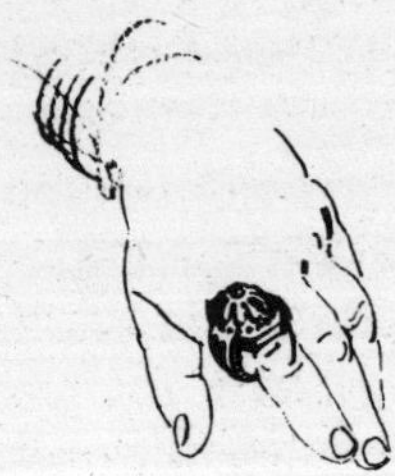

CHAPITRE IX

Prisonnière !

Les jeunes gens montèrent le perron en courant. Alice se mit à frapper du poing la porte.

« Hé ! ho ! Il y a quelqu'un ? cria-t-elle en feignant de ne pas avoir remarqué la descente du store.

— Pour une communauté religieuse, cet endroit semble plutôt mort, observa Ned.

— Tout le monde est peut-être en train de méditer », avança Alice.

Alors qu'elle parlait, la porte s'ouvrit, livrant passage à la femme qu'ils avaient vue quelques instants plus tôt.

« Je ne reçois plus personne ici ! » déclara-t-elle d'un ton hargneux.

Alice lui dit qu'ils cherchaient Ramaswami.

« Qui ? fit la femme.

— Le swami, répéta Ned. Avez-vous entendu parler de lui ?

— Oui. Plusieurs personnes qui n'avaient pas trouvé de place chez lui sont venues ici.

— Quand ? s'informa Alice.

— Le week-end dernier. Deux filles et deux garçons ont passé une nuit ici. Ils m'ont payée, mais il fallait voir dans quel état ils m'ont laissé la maison ! De la vaisselle sale dans tous les coins !

— Et où habite-t-il exactement, le swami ? interrogea Ned.

— Continuez à suivre ce sentier, répondit la femme en désignant une éclaircie dans le bois, derrière la cabane. Vous tomberez bientôt sur une grande hutte. C'est là qu'est établie la communauté. Et dites à M. Swami que je ne veux pas d'autres visiteurs ! »

Là-dessus, elle ferma la porte au nez des jeunes gens. Il avait cessé de pleuvoir. Des flaques d'eau parsemaient la terre boueuse. Alice et Ned poursuivirent leur chemin. Les rayons du soleil, qui commençaient à réapparaître, traversaient leurs vêtements mouillés et les réchauffaient un peu.

« Ned, es-tu là ? demanda soudain Alice.

— Evidemment !

— Pendant un instant, j'ai bien cru... »

Alice ne put terminer sa phrase. Un piétinement, puis un bruit de branches cassées la firent s'arrêter net.

Durant cette fraction de seconde, avant qu'elle ait pu voir ce qui était arrivé à Ned, elle sentit des mains la saisir par la taille, puis d'autres mains lui fourrer, dans la bouche, un foulard imbibé d'un liquide à l'odeur douceâtre. Elle plongea brusquement en avant, essayant de se dégager, mais la drogue eut raison d'elle : elle tomba mollement contre ses agresseurs.

Bess et Marion terminèrent leurs courses un peu plus tôt que prévu.

« Si nous allions rendre visite à Redford ? suggéra Bess à sa cousine. Un peu de compagnie lui fera peut-être plaisir ? »

Marion acquiesça. Après avoir déposé leurs mères respectives chez elles, les deux filles partirent chez les Roy. Elles sonnèrent à la porte, mais personne ne leur ouvrit.

« Bizarre... commenta Marion.

— Sarah a dû sortir faire des courses, avança Bess.

— Oui, mais Redford entend sûrement le timbre, lui. A moins qu'il ne dorme. »

Alors que les filles redescendaient l'allée, elles virent Sarah Berny arriver avec un chariot rempli de provisions.

« J'avais raison », lança Bess à sa cousine, puis s'adressant à la gouvernante, elle expliqua : « Nous sommes venues faire une petite visite à Redford.

— Et vous repartez déjà sans que j'aie pu vous faire goûter mon gâteau au chocolat ?

— En fait, nous n'avons pas encore vu Redford, précisa Bess. Nous avons sonné, mais il n'a pas ouvert.

— Il dort à poings fermés, je suppose », déclara Sarah.

La gouvernante entra dans le vestibule avec les visiteuses, déposa ses achats à la cuisine, puis monta au premier.

La chambre du jeune homme était vide !

« Redford ? » appela-t-elle.

Pas de réponse.

« Inspectez le rez-de-chaussée, les filles », demanda Sarah à Bess et à Marion.

Les cousines coururent d'une pièce à l'autre, regardant par les fenêtres pour voir si le jeune homme était dehors. Elles furent bientôt saisies de panique. L'amnésique avait bel et bien disparu !

« Oh ! C'est affreux ! se lamenta Sarah. Je ne me suis pourtant absentée que trois quarts d'heure. Mon Dieu ! Et s'il lui était arrivé quelque chose ? Ce serait ma faute ! »

Les cousines s'efforcèrent de la réconforter. Si seulement Alice était là ! se dirent-elles. Que devaient-elles faire ?

« Avertissons la police ! déclara Bess.

— Bonne idée », approuva Marion. Elle se précipita vers le téléphone de l'entrée. Elle souleva le combiné, mais le reposa aussitôt. « Ne nous affolons pas, déclara-t-elle. Après tout, il n'y a aucun signe d'effraction, nulle part ? Avant de partir, vous avez bien fermé toutes les portes, n'est-ce pas, Sarah ?

— Evidemment.

— Dans ce cas, il me semble que Redford a tout simplement décidé d'aller faire un tour. »

Bess trouva cette hypothèse assez invraisemblable.

« De toute façon, attendons un peu avant d'appeler la police, insista Marion.

— Et si jamais tu te trompes ? répliqua Bess, angoissée.

— Ben, si je me trompe, je me trompe.

— Comme logique, ça se pose un peu là ! s'écria Bess en courant composer le numéro du commissariat.

— Fais ce que tu veux, dit Marion. Mais tu auras l'air maligne quand Redford apparaîtra soudain à la porte. »

Sarah ne prêtait qu'une oreille distraite à la dispute des cousines. Effondrée dans un fauteuil, elle se rappelait les dernières recommandations qu'Alice lui avait faites avant de partir.

« En aucun cas, ne laisse Redford seul dans la maison pendant mon absence. »

Mais le réfrigérateur était dégarni et comme l'épicier n'avait pas pu la livrer, Sarah avait été obligée d'aller faire quelques commissions.

« La police vient tout de suite », annonça Bess.

La gouvernante sortit de son hébétement.

« Dieu merci ! marmonna-t-elle. Nous devons absolument retrouver ce garçon avant le retour d'Alice ! »

Pendant ce temps, la jeune détective gisait, ligotée, sur le plancher humide d'une cabane, près d'un vieux poêle en fonte. Une forte odeur de moisi avait remplacé celle de l'insidieuse drogue. Alice ouvrit les yeux.

Elle nota aussitôt le goût douceâtre de l'anesthésique dans sa bouche et remarqua qu'on lui avait ôté le bâillon. Elle leva la tête, mais la laissa retomber aussitôt : une douleur sourde lui traversait le crâne.

« Où suis-je ? Et où est Ned ? » se demanda-t-elle.

Le toit de bois fuyait. Des gouttes éclaboussaient le visage d'Alice. La jeune fille se tortilla sur le plancher pour échapper à l'eau. Ce faisant, elle vit une forme sombre et luisante glisser d'une fissure dans le sol. Un serpent ! L'animal se mit à ramper vers elle.

Impuissante, Alice poussa un cri d'horreur qui resta bloqué dans sa gorge. Se contorsionnant, elle essaya de s'éloigner du reptile.

« Aaah ! » cria Alice quand la vipère dressa la tête.

La jeune fille leva précipitamment les genoux. Les semelles en caoutchouc de ses baskets accrochèrent une planche mal ajustée qui sauta. La fissure dans le sol s'élargit. Le serpent plongea en avant et tomba dans le trou.

Malgré son soulagement, Alice frissonna. Elle regarda à travers la fenêtre mouillée au-dessus d'elle. Le ciel était sombre, à présent. Même si elle parvenait à détacher la corde qui liait ses poignets et ses chevilles, elle aurait du mal à s'enfuir. De grands arbres entouraient sa prison en rondins et, sans la lumière du soleil, elle n'avait pas la moindre idée de l'endroit où elle se trouvait, ni comment retrouver le chemin du motel.

Ce qui la tracassait encore davantage, c'était de ne pas savoir ce qui était arrivé à Ned. Où l'avaient emmené ses ravisseurs ?

« Il faut absolument que je le retrouve ! » se dit la jeune détective avec résolution.

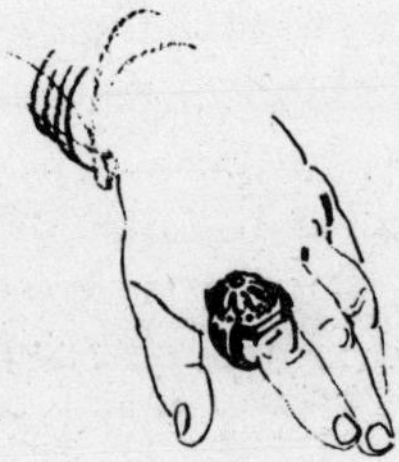

CHAPITRE X

Ned à la rescousse

Au même instant, Bess et Marion parlaient à un jeune policier, dans le living des Roy. Bien que le commissariat de River City possédât déjà le signalement de Redford, l'inspecteur demanda des renseignements supplémentaires.

« Ce jeune homme a-t-il changé physiquement depuis son arrivée dans la maison ?

— Euh... fit Sarah, assise dans un coin. Il a emménagé cet après-midi, vous savez.

— Ah bon ! A-t-il dit quoi que ce soit qui puisse nous donner une idée de l'endroit où il est allé ? A en juger d'après l'aspect des lieux, il est parti de son plein gré. »

Marion lança à sa cousine un coup d'œil qui signifiait : « Je te l'avais bien dit ! »

« Pourrait-il, pour une raison quelconque, être retourné à l'hôpital ? demanda Bess.

— Pourquoi aurait-il fait une chose pareille ? » grommela Marion.

Pendant qu'elle parlait, le policier examinait une tache sur le tapis, près de l'entrée.

« Du chloroforme », déclara-t-il soudain.

Les autres s'exclamèrent.

« Alors, Redford a été enlevé ! conclut Bess.

— Mais à notre arrivée la porte d'entrée était verrouillée, fit remarquer Marion.

— Redford a peut-être reconnu la personne qui sonnait et l'a laissée entrer, intervint Sarah.

— A moins que... » fit le policier.

Il se dirigea vers la porte qui donnait à l'arrière de la maison. Bess et les autres le suivirent.

« C'est bien ce que je pensais. »

L'inspecteur désigna un trou dans la porte à treillis de la cuisine. Les cousines sortirent, les yeux fixés sur le sol.

« Regardez ! ici ! » s'écria Marion.

Des traces de pas étaient marquées dans l'allée, se retrouvaient sur la pelouse humide jusqu'aux marches de la cuisine.

« Il devait être très grand », déclara Bess en notant la longueur des enjambées et la largeur des empreintes.

Pendant que ses amies essayaient de comprendre la disparition de Redford, Alice, elle, s'efforçait de se libérer. Elle tordit les bras, la corde lui entra dans les poignets, mais elle se raidit contre la douleur. Des yeux, elle chercha désespérément un objet quelconque qui lui permît de trancher ses liens.

Là ! Un gros clou saillait au bas d'un des

murs. Ce n'était pas grand-chose, mais cela pouvait faire l'affaire !

La jeune captive s'en approcha en roulant sur le sol. Elle passa la corde dessus, puis, en un mouvement de va-et-vient, commença à frotter le lien contre la tête de fer. Les brins, malheureusement, étaient solides : ils tinrent bon.

« Jamais je ne sortirai d'ici ! » gémit Alice.

Elle avait mal aux bras à présent. Elle s'adossa contre le mur pour se reposer un instant. Sans s'en apercevoir, elle s'endormit. Quand elle se réveilla, deux oiseaux pépiaient sur le rebord de la fenêtre et le ciel commençait à blanchir.

« L'aube... déjà ! » se dit Alice. Et elle qui voulait partir à la recherche de Ned ! Que de temps elle avait perdu ! Bien que le repos lui eût permis de récupérer ses forces, elle était complètement ankylosée.

Plus que jamais résolue à recouvrer sa liberté, elle se remit, avec une ardeur accrue, à frotter la corde sur le clou. Soudain, elle s'arrêta. Un bruit de pas devant la cabane !

Etait-ce son ravisseur ? se demanda la jeune fille. Affolée, elle se figea et décrocha doucement le lien.

Qui était-ce ? Son anxiété redoubla quand la porte s'ouvrit, laissant apparaître des baskets et des jeans boueux.

« Ned ! s'écria-t-elle, tout heureuse.

— Alice ! Es-tu saine et sauve ? » interrogea le garçon.

Il se précipita vers son amie et, s'agenouillant, entreprit de couper les cordes avec un canif. Celle qui liait les mains de la jeune fille résista, mais au bout d'un moment, elle céda aussi.

« Tes poignets ont souffert... murmura Ned en voyant les profondes marques rouges sur la peau d'Alice.

— Ce n'est rien, affirma la jeune détective. Dans un instant, il n'y paraîtra plus. »

Comme Ned ne semblait pas convaincu, elle insista :

« Ne t'inquiète donc pas ! Raconte-moi plutôt ce qui t'est arrivé. »

Avec l'aide de Ned, elle se leva lentement.

« Ils m'ont enfermé dans une autre cabane, à quelques mètres d'ici, répondit le jeune homme. Ce fichu chloroforme m'a donné un affreux mal de tête.

— Ils doivent t'avoir administré une superdose. Malheureusement, je n'ai pas pu identifier nos agresseurs.

— Moi non plus. Et, pour autant que je le sache, ils ne sont pas revenus me voir. »

Alors que les jeunes gens sortaient au soleil, Alice s'arrêta une seconde.

« Je n'arrive pas à comprendre... Pourquoi nous ont-ils attaqués ?

— Ils ne veulent peut-être pas que nous trouvions l'ashram », avança Ned.

La jeune fille avait déjà eu la même idée.

« Mais pourquoi ? répéta-t-elle. Ce sont des

endroits où doit régner la paix et non l'hostilité. »

Elle passa son bras sous celui de Ned et s'appuya sur son ami, jusqu'à ce que la circulation se fût rétablie dans ses jambes. Bien qu'elle eût aimé continuer à chercher la retraite du swami, elle décida de retourner au plus vite chez elle. Son père et Sarah avaient sûrement constaté qu'elle n'était pas rentrée. Ils devaient être dans tous leurs états !

« A quelle distance sommes-nous du motel, à ton avis ? demanda-t-elle à Ned.

— A vue de nez, je dirais : à deux bons kilomètres. » A la perspective d'avoir à refaire tout ce long chemin à travers les fourrés, Alice soupira. Mais quand le soleil l'enveloppa de ses chauds rayons, elle sourit.

« Cette fois-ci, au moins, il n'y aura pas de déluge ! » plaisanta-t-elle.

Quand le sentier se rétrécit pour devenir une étroite piste, Ned marcha en tête. En atteignant le motel, les jeunes gens se rendirent compte qu'ils y étaient revenus par un autre chemin. Mais comment se situait ce dernier par rapport à celui qu'ils avaient pris la veille ? Cela demeurait un mystère.

« Je me demande s'il y a vraiment une route jusqu'à l'ashram, dit la jeune fille alors que Ned et elle se dirigeaient vers la voiture. Je vais me renseigner auprès de M. Lal. »

Et, avant que Ned ait eu le temps de répondre, elle s'engouffra dans le hall de l'hôtel. A sa grande surprise, elle s'aperçut que les employés de service n'étaient pas les mêmes que ceux de la veille. Quand elle demanda à parler à l'Indien, on lui répondit qu'il n'était pas là et resterait absent plusieurs jours.

Alice retourna à la voiture et informa Ned de cette nouvelle.

« Ne te tracasse pas, dit le garçon. Nous finirons bien par le dénicher, cet ashram !

— Espérons-le », expliqua Alice.

Puis les jeunes gens discutèrent de choses et d'autres jusqu'à leur arrivée à la maison des Roy. Là, ils racontèrent dans tous les détails leur histoire à M. Roy et à Sarah.

« Au fait, où est Redford ? s'enquit Alice quand elle eut terminé son récit.

— Oh ! Alice ! Ne m'en veux pas ! » s'écria la gouvernante.

Unc cxpression inquiète se peignit sur le visage de la jeune fille.

« Que se passe-t-il ? Lui serait-il arrivé un malheur ?

— Nous l'ignorons, répondit M. Roy.

— Il a été kidnappé ! gémit Sarah. Quelqu'un s'est introduit dans la maison pendant que je faisais les commissions et l'a emmené. »

Elle scruta anxieusement le visage d'Alice.

« Bess et Marion étaient ici quand nous avons découvert sa disparition. Nous avons aussitôt prévenu la police. »

Bouleversée par cette nouvelle, la jeune détective s'assit à côté de son père.

« C'est terrible ! murmura-t-elle. Je n'aurais pas dû quitter la maison.

— Sinon, il ne manque rien, ajouta Sarah.

— Seulement Redford... » répondit Alice avec tristesse.

Les yeux pleins de larmes, la gouvernante se mordit les lèvres.

« Excusez-moi », fit-elle et elle quitta précipitamment la pièce.

« Je devrais peut-être m'en aller, moi aussi, dit Ned. Je t'appellerai tout à l'heure, Alice. »

Après son départ, la jeune fille regarda son père d'un air interrogateur.

« Je ne sais que te conseiller, ma chérie, répondit M. Roy. Je suis toutefois certain que la police retrouvera Redford.

— Mais nous étions responsables de lui, papa ! » gémit Alice.

Elle téléphona à Bess et à Marion. Les amies convinrent de déjeuner ensemble dans un restaurant de la ville. Après avoir raccroché, Alice alla parler à ses voisins.

A sa grande joie, elle apprit que leur fils avait vu une voiture démarrer à toute vitesse devant la maison des Roy, la veille, dans l'après-midi.

« Unc chouette bagnole, commenta le garçon. Avec une bande sur le coffre arrière.

— As-tu relevé son numéro d'immatriculation ? demanda vivement Alice.

— Bien sûr ! 197-MAP. »

Le cœur d'Alice se mit à battre à grands coups : s'agissait-il du véhicule qu'elle avait vu à l'hôpital Rosemont et qui avait peut-être causé l'accident de Tommy Johnson ?

Elle retourna en courant chez elle et, par téléphone, transmit le renseignement à la police qui le passa dans son ordinateur. Quelques minutes plus tard, la jeune fille obtenait la réponse.

« Nous avons identifié le propriétaire de la voiture, dit le policier. Il s'appelle Dev Desai. Il habite près de la rivière. »

Alice nota rapidement l'adresse. Elle était impatiente de communiquer la nouvelle à ses amies.

Une chose, pourtant, l'intriguait : le nom de l'homme. L'individu en question était-il Indien ? Et, dans ce cas, était-ce celui qui avait accompagné l'homme barbu au magasin de M. Jhaveri ?

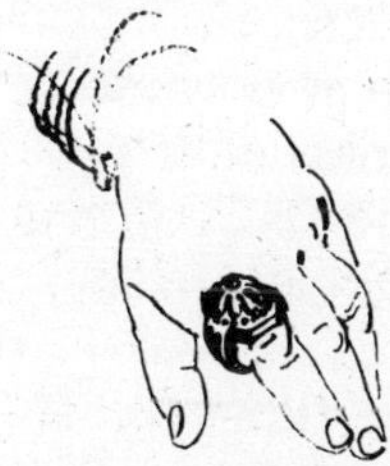

CHAPITRE XI

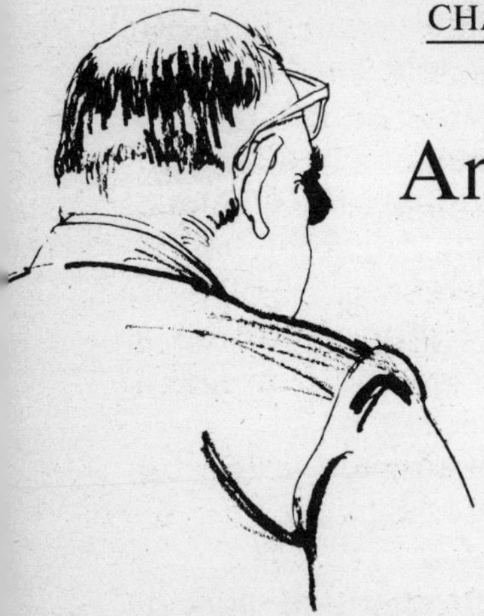

Annulé !

Alors qu'Alice regardait le nom étrange qu'elle avait inscrit sur un bloc-notes, elle jeta un coup d'œil sur le courrier du matin posé sur la table de l'entrée et aperçut un prospectus jaune. C'était une annonce du festival de musique de River city

« Annulé ? » s'écria-t-elle, surprise.

Un large tampon portant ce mot avait oblitéré le nom de plusieurs groupes d'artistes, y compris celui de la compagnie Jansen qui devait se produire ce soir-là.

« Je me demande si papa est au courant... » murmura la jeune fille.

James Roy, cependant, était déjà parti à un rendez-vous d'affaires. Le seul moyen pour Alice d'éclaircir ce mystère était donc de se rendre en personne au théâtre de la ville. Après avoir regardé l'heure à sa montre, elle empocha l'avis et courut à sa voiture.

En arrivant devant le bâtiment, elle ne fut guère surprise de voir qu'une bonne trentaine de porteurs de billets avaient envahi le hall du théâtre. Presque tous tenaient l'avis d'annulation et manifestaient bruyamment leur mécontentement.

« Pardon, dit la jeune détective à plusieurs reprises en essayant de se frayer un chemin à travers la foule qui maintenant faisait la queue devant les guichets.

— Hé, jeune fille ! Où allez-vous ? l'interpella un homme lorsqu'elle passa devant lui. J'étais ici avant vous !

— Je voudrais simplement voir le directeur, expliqua-t-elle

— Nous aussi, figurez-vous ! » répliqua l'autre.

A cet instant, un homme grand et osseux apparut.

« Mesdames et messieurs, dit-il, je suis M. Hillyer, le directeur de ce théâtre. Je vous annonce qu'aucun des concerts, aucune des représentations, n'a été annulé. Il s'agit d'une regrettable erreur...

— Tout à fait regrettable ! » l'interrompit une femme d'une voix irritée.

Les autres personnes approuvèrent.

« Laissez-moi parler, je vous prie ! » poursuivit le directeur. Il leva la main pour imposer silence aux protestataires.

« Vos billets seront honorés à chaque représentation. Je vous le répète : aucune d'elles n'a été annulée. »

Quelqu'un avait dû s'emparer de la liste des abonnés au festival et envoyer cet avis, simplement pour boycotter le concert, conclut Alice.

Quand la foule se fut dispersée, elle s'approcha du directeur.

« Je suis la fille de James Roy », dit-elle avec un grand sourire.

Le visage de M. Hillyer se rembrunit. L'animosité que certains habitants de River City témoignaient à l'avocat semblait avoir gagné la direction du festival.

« Vous désirez quelque chose ? fit l'homme avec froideur.

— Oh, simplement vous demander si vous aviez la moindre idée sur l'auteur de cette mauvaise plaisanterie.

— A votre place, je poserais plutôt la question à votre père », répondit M. Hillyer sèchement.

Là-dessus, il s'éloigna, laissant Alice stupéfaite. Indignée, la jeune fille se jura de laver les Roy de tout soupçon.

Alors qu'elle se rendait en voiture au restaurant où elle avait rendez-vous avec Bess et Marion, elle réfléchit à ce qu'elle allait entreprendre.

Une fois attablée avec ses amies, elle remarqua que Bess avait les yeux particulièrement brillants.

« Tu as l'air bien contente, aujourd'hui ! » remarqua-t-elle.

Bess acquiesça vigoureusement de la tête et Marion sourit.

« Ne me faites pas languir, les filles ! s'écria Alice. Avez-vous retrouvé Redford ou savez-vous où...

— Non, rien d'aussi sensationnel, répondit Marion.

— Mais nous pensons avoir découvert un stratagème pour récupérer la bague, déclara Bess. Comme elle est très originale...

— ... et précieuse, ajouta Marion.

— ... tout ce que nous allons faire, c'est mettre une annonce dans le journal, termina sa cousine.

— Si le type qui l'a prise est un voleur, pourquoi consentirait-il à la rendre ? objecta Alice. Il n'est pas idiot tout de même.

— Oui, mais il est sûrement cupide, répliqua Bess. Si la récompense promise est assez forte, il pourrait tomber dans le piège. »

Alice acquiesça, mais sans grande conviction. Puis, elle passa à un autre sujet et raconta à ses amies tout ce qui s'était passé depuis leur dernière rencontre sans omettre le renseignement concernant Dev Desai.

« Avez-vous le temps de venir avec moi, maintenant, vérifier s'il habite à l'adresse indiquée ? leur demanda-t-elle.

— Bien sûr », répondit Marion.

Les trois filles déjeunèrent rapidement. Alors qu'elles se dirigeaient vers la voiture d'Alice, Bess eut une idée.

« La bijouterie est tout près, dit-elle. Allons

demander à M. Jhaveri de nous donner une estimation approximative de la bague de Redford. »

Changeant de direction, les amies longèrent à pied quelques pâtés de maisons. Il n'y avait que quatre clients dans le magasin. Quand il n'en resta plus qu'un — un vieux monsieur plongé dans la contemplation d'une vitrine du fond —, Alice demanda au joaillier de lui donner la valeur de la bague.

« La valeur de cette bague ? fit celui-ci. Hum... difficile à dire. Vous en obtiendrez un bon prix rien que pour son poids en or.

— Pourriez-vous être plus précis ? insista Bess.

— Comme ça, de but en blanc, non. Mais, si vous me laissez le temps de réfléchir, je serai peut-être en mesure de vous répondre. »

Tandis qu'elle écoutait M. Jhaveri, Alice crut détecter une présence dans le bureau situé derrière le bijoutier. Puis, elle se rendit compte qu'il ne s'agissait que d'une photographie non encadrée qui se reflétait dans une glace, au mur. Lors de ses visites précédentes, elle ne l'avait pas remarquée. Cette fois-ci, cependant, elle resta comme pétrifiée de surprise : c'était le portrait d'une personne qui ressemblait d'une façon presque hallucinante à Keshav Lal !

« Quelque chose ne va pas ? murmura Marion à son amie.

— N... non », fit Alice en clignant des paupières.

Puis, sur une impulsion, elle demanda à M. Jhaveri s'il connaissait un certain M. Lal.

« C'est mon cousin, répondit le bijoutier, étonné. Vous le connaissez ?

— Je l'ai rencontré au motel du lac des Cygnes. Au fait, peut-être seriez-vous à même de me renseigner au sujet de l'ashram du swami ? »

M. Jhaveri secoua énergiquement la tête.

« Je n'y ai jamais été.

— En avez-vous entendu parler ?

— Bien sûr, mais, personnellement, je ne suis pas un disciple de Ramaswami. »

Alice faillit lui demander s'il connaissait aussi un certain Dev Desai. Elle décida toutefois de n'en rien faire avant de l'avoir sondé davantage.

« M. Lal m'avait indiqué un chemin pour m'y rendre, dit-elle, mais il doit sûrement y avoir un accès plus facile. »

Pour toute réponse, Jhaveri haussa les épaules. Comme le client s'avançait vers le comptoir, il en profita pour échapper aux filles.

Celles-ci quittèrent le magasin, fort déconcertées par leur dernière découverte.

« M. Jhaveri avait l'air mal à l'aise quand tu lui parlais de son cousin, dit Marion à Alice.

— Oui. Je me demande pourquoi. »

Les amies montèrent en voiture et se rendirent à l'adresse où était censé demeurer Dev Desai. Mais, en arrivant sur les lieux, elles constatèrent avec surprise qu'au numéro indiqué, il n'y avait ni maison ni immeuble d'habitation. Seulement un restaurant nommé *Port Hamburger*.

« Dommage que nous ayons déjà déjeuné ! fit Marion.

— Dommage que nos efforts n'aboutissent à rien ! » dit Bess en soupirant.

Au fond d'elle-même, Alice éprouvait un certain découragement. Mais elle se tourna vers ses amies avec un grand sourire :

« J'ai l'intuition que la réponse à ce mystère se trouve juste au coin de la rue ! » s'écria-t-elle.

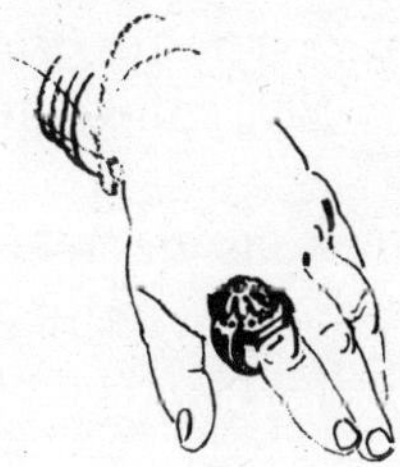

CHAPITRE XII

Une étrange erreur

« Quelle est la raison de ton brusque optimisme ? demanda Bess alors qu'Alice reculait dans l'allée.

— Eh bien, je viens de me rendre compte que nous sommes dans la mauvaise rue. » Alice rit. « Desai habite River *Lane* et non pas River Drive. »

Elle désigna un grand panneau vert qui se dressait à trois cents mètres de là : il indiquait la direction de River Lane.

Les filles roulèrent le long du fleuve. Elles baissèrent les vitres pour laisser entrer la brise qui embaumait l'herbe et les fleurs sauvages.

« Comme ce serait agréable de pique-niquer ici, sur la berge ! s'écria Marion.

— Serais-tu en train de changer ? lui demanda Bess en riant. Autrefois, tu ne pensais jamais à la nourriture !

— Quand nous aurons éclairci tous nos

mystères, nous reviendrons ici fêter notre succès », promit Alice.

Elle tourna un coin de rue, puis un autre et parvint dans River Lane. C'était un chemin qui se perdait dans la campagne, avec des maisons cachées derrière des haies de buissons et de peupliers. Soudain, la route s'arrêta.

« Qu'est-ce qu'on fait maintenant ? demanda Bess quand la voiture stoppa.

— C'est vraiment curieux, dit Alice, déçue, en faisant demi-tour : je n'ai vu de numéro de maison nulle part. Et vous ?

— Moi non plus », répondirent Bess et Marion en chœur.

Repartant dans le sens inverse, Alice roula beaucoup plus lentement. Elle s'arrêta devant un sentier couvert de gravier qui montait à sa droite.

« Crois-tu qu'il mène à une maison ? demanda Bess.

— Nous allons voir cela tout de suite », répondit Alice en s'engageant dans l'allée.

La voiture s'enfonça dans plusieurs nids-de-poule, obligeant la conductrice à garder les yeux rivés sur la chaussée. Une demeure se dressait en haut de la côte. Quand elles y parvinrent enfin, les filles poussèrent un grand soupir comme si cette ascension les avait mises à rude épreuve.

« On dirait qu'il n'y a personne, dit Alice.

— Cette maison ne porte pas de numéro non plus, fit observer Bess, soudain inquiète. Je me demande si nous aurions dû venir. Si Desai habite effectivement ici, il pourrait essayer de nous séquestrer aussi.

— Penses-tu ! s'écria Marion. Nous sommes trois contre un !

— Comment sais-tu qu'il est seul ? » rétorqua sa cousine.

Nullement effrayée, Alice gravit le perron et sonna. Comme personne ne venait ouvrir, elle se haussa sur la pointe des pieds et regarda par une petite fenêtre pratiquée dans le haut de la porte.

« C'est sûrement la maison de Desai, annonça-t-elle aux autres en voyant des tentures de batik indienne aux murs de l'entrée.

— Oh ! partons vite ! » supplia Bess.

Mais ses deux compagnes ne prêtèrent aucune attention à sa remarque. Alice colla son oreille contre la porte. Pendant un instant, elle crut percevoir des bruits à l'intérieur. Desai avait-il emmené Redford ici ? Le jeune homme avait-il entendu approcher la voiture et se débattait-il pour faire connaître sa présence aux visiteuses ?

La jeune détective voulut en avoir le cœur net.

« Nous ne pouvons tout de même pas entrer par effraction ! protesta Bess en voyant Alice contourner la maison et essayer d'ouvrir une fenêtre sur le côté.

— Et si Redford était enfermé, pieds et poings liés, là-dedans ?

— Même dans ce cas, je dirais qu'il vaut

mieux faire venir la police avec un mandat de perquisition », maintint Bess.

A ce moment, on entendit un bruit de voiture au bas de l'allée.

« Oh, mon Dieu ! s'exclama Bess. Quelqu'un arrive ! Qu'allons-nous faire ?

— On va sûrement nous voir, déclara Marion en regardant leur auto.

— Venez vite ! cria Alice en courant vers sa voiture. Les nids-de-poule vont ralentir le conducteur ! »

Elle mit le contact, appuya doucement sur l'accélérateur et amena la voiture sur un carré de pelouse qui s'étendait derrière la maison.

« Ce n'est pas une cachette idéale, dit-elle, mais cela nous fera gagner du temps. »

Elle arrêta le moteur et écouta le bruit de l'autre voiture qui se rapprochait.

« Attendez-moi ici, ordonna-t-elle aux cousines. Je vais voir qui c'est.

— Mais A... ! » s'écria Bess, affolée.

Son amie avait déjà sauté à terre, laissant la portière ouverte. On ne savait jamais : elle serait peut-être obligée de remonter précipitamment.

Elle courut vers les grands buissons qui poussaient contre la façade. A travers le couvert des feuilles, elle aperçut deux hommes qui parlaient, assis dans une voiture. Heureusement, ils ne semblaient pas avoir remarqué les empreintes de pneus par terre. Leur véhicule, toutefois, ne correspondait pas à la description qu'en avait donnée le jeune voisin des Roy.

Qui pouvaient bien être ces deux personnes ? se demanda Alice.

Le conducteur sortit enfin, suivi immédiatement de son compagnon. C'était l'homme au complet-veston du motel du lac des Cygnes !

Alice eut un coup au cœur, en se rendant soudain compte que cet individu et l'inconnu barbu qui avait attaqué Redford à l'hôpital ne faisaient qu'une seule et même personne. Quant à l'autre, c'était le grand Indien qui l'avait accompagné à la bijouterie.

« Il faut que j'appelle immédiatement la police ! » pensa la jeune fille. Elle retourna en hâte à sa voiture et mit au courant ses amies de ce qu'elle avait vu.

Pendant ce temps, les hommes entrèrent dans la maison.

« Nous sommes coincées ! s'écria Bess. Dès qu'ils s'apercevront de notre présence, ils nous mettront la main dessus ! »

Mais Alice avait déjà examiné la pente herbeuse en bordure de l'allée qui, maintenant, présentait un obstacle : la voiture des deux hommes !

« Accrochez-vous aux branches ! » conseilla-t-elle à ses passagères.

Elle démarra, lança le véhicule sur le gravier, puis sur l'herbe, évita les nids-de-poule et déboucha en cahotant sur la route.

Morte de peur, Bess avait fermé les yeux.

« Il y a un téléphone public dans River Drive », dit Marion en apercevant une cabine un peu plus loin.

Sans répondre, Alice arrêta la voiture dans un grand crissement de pneus. Elle sauta dehors et courut composer le numéro du commissariat de River City. Elle indiqua à l'agent de service l'endroit où elle se trouvait et l'adresse du ravisseur présumé de Redford. Puis elle rejoignit ses amies.

« Ils arrivent tout de suite, annonça-t-elle. Ils nous demandent de les attendre ici.

— Dieu merci ! » murmura Bess.

Quelques minutes plus tard, une voiture de police arrivait, occupée par deux inspecteurs. Au volant se trouvait celui qui était venu enquêter chez les Roy après la disparition de Redford. Il fit signe à Alice de le suivre.

Quand il tourna dans River Lane, Alice alluma deux ou trois fois ses phares pour lui signaler l'allée couverte de gravier, quelques mètres plus loin. Il ralentit, passa avec précaution sur les trous dans la chaussée, puis se gara devant la maison.

Alice et les filles s'arrêtèrent derrière lui et coururent le rejoindre.

« Ouvrez ! » cria le plus jeune des deux policiers en frappant du poing sur la porte.

A la surprise d'Alice, quelqu'un obtempéra aussitôt : c'était l'Indien qu'elle avait vu quelques instants plus tôt.

« Etes-vous Dev Desai ? demanda-t-elle.

— Moi ? Non. Je ne connais pas ce monsieur », répondit l'autre.

Au-dessus de ses hautes pommettes, ses yeux enfoncés exprimaient de l'étonnement.

« Puis-je voir vos papiers ? » demanda le policier.

L'homme sortit de la poche de sa veste une carte d'immigrant au nom de Prem Nath.

« Cela fait peu de temps que je suis dans le pays, dit-il, aussi n'ai-je pas encore de carte de crédit. » Il rit doucement.

Le plus âgé des policiers lui montra un mandat de perquisition.

« Nous cherchons un jeune homme qui a été enlevé récemment.

— Et vous croyez que c'est moi qui ai fait le coup ? répliqua l'Indien en riant.

— Où est l'homme qui est ici avec vous ? interrogea Marion.

— Quel homme ?

— Il s'appelle Flannery, dit vivement Alice tout en se rendant compte qu'il pouvait s'agir d'un faux nom.

— De quoi parlez-vous ? Je ne comprends rien à cette histoire... Mais si vous voulez vous donner la peine d'entrer... »

Les policiers, suivis des filles, passèrent devant lui. Ils se séparèrent pour regarder dans toutes les pièces. Flannery n'y était pas. Redford non plus. Flannery s'était-il glissé hors de la maison et caché parmi les arbres ? Alice faillit aller inspecter le terrain, mais déjà l'un des policiers disait :

« C'est une erreur. Excusez-nous de vous avoir dérangé, monsieur Nath. »

S'étant assuré de l'innocence de l'Indien, les agents s'apprêtaient à partir. Alice, elle, continuait à avoir des soupçons. Elle savait que Flannery, ou quel que fût l'homme qui se faisait appeler ainsi, avait pris la bague de Redford. Malheureusement, il avait échappé cette fois à l'arrestation. Il était toutefois inutile qu'elle en parlât aux policiers avant d'avoir des preuves plus sérieuses.

« Je n'y comprends rien, déclara Marion. La voiture était immatriculée au nom de Desai, à cette adresse, et voici que c'est un certain Nath qui y habite.

— Peu importe, dit Bess. Le voisin d'Alice a bien vu la voiture de Desai démarrer devant la maison des Roy, mais il n'a jamais dit que Redford était dedans. C'était une simple supposition de notre part.

— Desai a peut-être habité ici autrefois, ajouta Alice. Puis il a déménagé sans faire changer son adresse sur sa carte grise. »

Sur le chemin du retour, Alice repensa au motel du lac des Cygnes. Que pouvait bien fabriquer Flannery, là-haut ?

CHAPITRE XIII

Une attaque technique

En arrivant au parking où elles avaient laissé leur voiture, Bess et Marion demandèrent à Alice quel était son programme pour le reste de la journée.

« En fait, je n'avais rien prévu...

— Incroyable ! l'interrompit Bess.

— A part rendre visite à Tommy, appeler Angela Pruett, chercher Phyllis et...

— Arrête ! s'écria Marion en se bouchant les oreilles. N'y a-t-il donc jamais de loisirs dans ta vie ?

— Bien sûr que si, affirma Alice en riant. J'allais justement vous demander si vous vouliez aller voir *Oklahoma* avec moi, ce soir. Interprété par la compagnie Jansen.

— Avec joie ! Je pense que Daniel voudra bien m'accompagner, répondit Bess.

— Si nous y allions tous les six ? suggéra Marion qui pensait à son ami Bob.

— Excellente idée ! » approuva Alice.

Elle conseilla aux filles de prendre rendez-vous avec Daniel Evans et Bob Eddleton. De son côté, elle appellerait Ned.

« Pourriez-vous aussi louer les places ? ajouta-t-elle.

— Bien sûr, répondit Marion. A tout à l'heure. »

Alice roula en direction de l'hôpital où elle voulait rendre une courte visite à Tommy Johnson. A sa grande surprise, elle trouva le garçon, la jambe plâtrée, en train de marcher à l'aide de béquilles.

« Tu ne tarderas pas à rentrer chez toi, maintenant, lui dit-elle.

— Je l'espère bien, répondit Tommy. Ici, je n'ai personne avec qui jouer ! »

Il appuya ses béquilles contre le lit. Alice l'aida à se recoucher.

« Et moi, alors ? fit-elle en feignant d'être vexée.

— Toi, tu es différente, Alice. Tous les autres, ils ne viennent me voir que pour prendre ma température. »

La jeune fille rit. Elle ouvrit une petite pochette et regarda son contenu avec beaucoup d'intérêt.

« Qu'est-ce quc c'est ? » demanda aussitôt l'enfant.

Alice prolongea l'attente jusqu'au moment où elle sentit que le garçon allait sauter du lit.

« Voilà ! dit-elle en sortant une voiture de course miniature.

— Oh ! C'est super ! » s'écria Tommy.

Il fit rouler le jouet sur son plâtre, sur le matelas, sur la table de chevet, puis de nouveau sur son plâtre.

« Ton médecin ne se doutait sûrement pas que ce plâtre servirait de piste ! » observa Alice en riant.

Quand elle quitta la chambre de l'enfant, celui-ci jouait toujours, imitant le bruit d'un moteur.

« A bientôt ! » lui dit la jeune fille. Mais elle se demandait bien quand elle aurait le temps de revenir.

Elle s'arrêta au bureau des infirmières, voulant y laisser un message pour Lisa Scotti. Elle n'eut pas la peine de le faire car son amie s'y trouvait.

« Une chose étrange est arrivée ce matin, confia-t-elle à Alice. Nous avons reçu un coup de fil d'un homme qui prétendait être Redford.

— Pas possible !

— Bien entendu, j'ai pensé qu'il s'agissait d'un fou.

— Pourquoi ?

— Parce que Redford est chez vous.

— Plus maintenant », répondit Alice. Et elle raconta à son amie tout ce qui s'était passé.

Bouleversée, Lisa avoua à Alice qu'elle ne l'aurait pas informée de cet appel si elle n'était pas venue à l'hôpital.

« Toute réflexion faite, la voix de ce type ressemblait à celle de Redford, mais je ne suis pas sûre que c'était lui : la ligne était très mauvaise.

— Qu'est-ce qu'il a dit ?
— J'ai cru comprendre qu'il s'agissait d'un décès. Ce mot est revenu plusieurs fois.
— Décès ou le nom propre Desai ? »
Lisa haussa les épaules.
« Je te le répète : je n'entendais presque rien. »
Quel dommage que la jeune infirmière n'ait pas su que Redford avait disparu ! se dit Alice. Sinon, elle aurait peut-être essayé de retrouver le numéro d'où venait l'appel.
Réfléchissant aux occasions perdues, Alice décida de rappeler Angela Pruett. Le téléphone fonctionnait, mais la harpiste était absente. Raison de plus, pensa Alice, pour assister à la représentation de ce soir, au théâtre du festival.
Alice parla brièvement à Ned. Celui-ci avait déjà été contacté par Daniel et Bob, ses camarades d'université. Malgré un petit problème concernant la disponibilité d'une voiture pour la soirée, tous s'étaient donné rendez-vous chez les Roy.
Un autre orage semblait s'annoncer dans le ciel brusquement assombri.
« N'oublie pas ton parapluie, ma chérie ! » dit Sarah à Alice quand les jeunes gens quittèrent la maison.
Mais, en réponse, Ned brandit un énorme parapluie noir qui pouvait abriter au moins deux personnes. Quand ils arrivèrent au théâtre, Alice remarqua qu'il y avait fort peu de monde.
« Où sont passés les gens ? s'étonna Bob.

— Ils ont peut-être peur de l'orage, avança Marion.

— Mais il n'a même pas encore commencé à pleuvoir », fit remarquer sa cousine.

Alice proposa une autre explication : pour une raison ou pour une autre, peut-être que de nombreux spectateurs qui avaient reçu l'avis d'annulation ne s'étaient pas encore présentés au théâtre pour se faire rembourser. Sinon, ils auraient appris que l'annonce était fausse !

Alors que l'orchestre commençait à s'installer dans la fosse, elle cessa de penser à cette question. Des yeux, elle chercha Angela, mais une autre femme était assise à la harpe.

« Où peut-elle bien être ? murmura Ned à Alice.

— Mystère. »

Quand les premiers accords de l'ouverture retentirent, la jeune fille chassa de son esprit la vague inquiétude que lui inspirait l'absence de la musicienne. Les sons harmonieux lui firent oublier les tensions de la journée. Puis la musique se tut graduellement et le rideau se leva.

Les acteurs entrèrent en scène, mais celle-ci resta plongée dans une totale obscurité. Soudain, une violente lumière rouge l'inonda.

« Que se passe-t-il ? » fit Bess, formulant à haute voix la question que tout le monde se posait.

Cependant, les acteurs jouaient en essayant de paraître aussi à l'aise que possible malgré les circonstances. Mais, bientôt, les lumières rouges virèrent au bleu, puis au jaune. Le vacarme dans la salle couvrit bientôt la voix des chanteurs, obligeant l'un d'eux à s'interrompre au beau milieu de son air.

« Mesdames et messieurs... » commença-t-il, puis les projecteurs s'éteignirent brusquement. « Lumière dans la salle ! » cria-t-il à quelqu'un dans les coulisses.

Alice se leva vivement.

« Je t'accompagne, chuchota Ned.

— Non, reste ici, répondit Alice. Je serai de retour dans une minute. »

Elle se glissa vers le fond du théâtre sans attendre l'annonce, traversa en courant le hall, regarda alors autour d'elle et repéra une porte qui indiquait : « Réservé au personnel ».

Menait-elle à la cabine du technicien du son et de l'éclairage ?

Alice tourna la poignée, décidée à monter l'escalier intérieur, quand un jeune homme surgit brusquement. Il devait avoir entre dix-huit et vingt ans. Il passa en trombe devant elle. Ses cheveux bruns qui lui descendaient aux épaules volèrent au vent quand il dévala les marches de l'entrée.

« Arrêtez ! » cria Alice.

Elle s'élança à sa poursuite, mais ses hauts talons la ralentirent. Le garçon avait déjà sauté dans une voiture, démarré sur les chapeaux de roues et disparu dans l'obscurité avant qu'elle ait pu l'atteindre. Elle rentra précipitamment dans le théâtre, s'élança vers la porte réservée au personnel et monta l'escalier.

« Oh ! » s'exclama-t-elle, horrifiée, en voyant un homme écroulé, au-dessus du jeu d'orgues permettant de régler les lumières et la sonorisation.

A côté de lui gisait une barre de bois. Quelqu'un s'en était manifestement servi pour l'assommer !

« Que se passe-t-il ici ? » gronda un homme derrière elle.

C'était le directeur. Alice pivota sur ses talons, lui permettant ainsi de voir le blessé.

« Etes-vous l'auteur de ce méfait, mademoiselle ?

— Moi ? » s'écria Alice, stupéfaite.

Malgré la colère qui montait en elle, elle se maîtrisa et expliqua en deux mots ce qui s'était passé.

« Maintenant, il faut appeler un médecin, déclara-t-elle pour terminer. Je vais aller en chercher un. »

Le flot de gens qui sortaient de la salle permit à Alice de ne pas attirer l'attention d'une ouvreuse, mais quand ses amis apparurent, elle se fraya un passage jusqu'à eux.

« Quelqu'un a attaqué le technicien responsable de la lumière et du son, leur annonça-t-elle. Nous devons trouver tout de suite un médecin.

— Saigne-t-il ? demanda Marion.

— Non, mais il est inconscient. »

Ned quitta en hâte le groupe. A travers la foule qui s'écoulait lentement, il se faufila jusqu'à l'extrémité du hall où se tenait un

employé du théâtre. Il le mit brièvement au courant de la situation, puis tous deux disparurent dans un bureau où se trouvait un téléphone.

Pendant ce temps, Alice était retournée à la cabine de régie, laissant les autres attendre Ned et les secours.

Le technicien gémissait doucement. Ses doigts se crispèrent sur un commutateur, puis se détendirent. Il essaya de lever la tête.

« Il n'a rien de grave », déclara Hillyer. Il lança à Alice un regard furieux. « J'ai vraiment l'impression que votre père et vous nous portez la poisse. Votre simple présence semble déclencher des catastrophes », ajouta-t-il sur un ton sarcastique.

La jeune détective avala péniblement sa salive, mais ne répondit pas. Elle se pencha vers le technicien.

« Essayez de ne pas bouger, lui conseilla-t-elle d'une voix douce. Vous souffrez peut-être d'une commotion. »

L'homme cligna des paupières et murmura :

« Je n'ai rien. Suis simplement... un peu étourdi... un jeune... m'a frappé. »

Il referma les yeux et ses doigts s'immobilisèrent.

A ce moment, Ned apparut à la porte.

« Rosemont envoie tout de suite une ambulance, annonça-t-il.

— Parfait, répondit Alice en remarquant

qu'une bosse s'était formée sur le crâne légèrement dégarni de la victime.

— Inutile de rester ici, vous deux, dit Hillyer aux jeunes gens. C'est moi qui m'occuperai de Vince, maintenant. »

Toutefois, Alice refusa de quitter le théâtre jusqu'à l'arrivée de l'ambulance. Ned et elle retournèrent donc dans le hall dont on avait ouvert les deux grandes portes vitrées. Bientôt, on entendit le bruit d'une sirène. Le véhicule hospitalier se gara devant l'entrée.

« Qu'a dit le comédien après que j'ai quitté la salle ? s'informa Alice auprès de ses amis au moment où deux hommes en blanc entraient avec une civière.

— Il s'est excusé de cette interruption, mais a déclaré qu'il leur était impossible de continuer à jouer dans de telles conditions », répondit Bess.

Bob ouvrit la main, découvrant un billet de banque et quelques pièces de monnaie.

« On a remboursé tout le monde, expliqua-t-il.

— Je me demande pourquoi la direction n'a pas proposé de reporter la représentation, fit Alice.

— Eh bien, j'ai entendu une femme dire à une autre qu'elle ne retournerait sans doute jamais dans un théâtre aussi mal organisé, répondit Marion.

— Que joue-t-on demain soir ? s'informa Daniel.

— C'est Alice qui a le programme, dit Bess.

— Quel que soit le spectacle ou le concert prévu, j'ai bien l'impression qu'il se terminera en queue de poisson comme celui d'aujourd'hui, déclara son amie. A moins que la direction ne renforce les dispositifs de sécurité... »

Les jeunes gens regardèrent les ambulanciers sortir Vince par la porte de service. Dans combien de temps sera-t-il capable de lui parler de l'incident ? se demanda Alice. Vince s'attendait-il à la visite de son agresseur ou s'agissait-il d'une attaque surprise ?

CHAPITRE XIV

A malin, malin et demi

Alors que les jeunes gens suivaient les ambulanciers dehors, le directeur du festival s'engouffra dans son bureau.

« Jamais vu un type aussi désagréable, marmonna Bess quand elle se retrouva dehors, sous le ciel obscur.

— Plus que désagréable, déclara Alice, il est franchement hostile. »

Comme la représentation avait été plus qu'écourtée, il était encore tôt. Les amis décidèrent d'aller prendre un repas léger quelque part. Cela leur permettrait de mettre au point un plan d'action.

« Au fait, dit Alice, il faut que j'aille bientôt voir le professeur De Niro.

— Est-il jeune ou vieux ? demanda Ned.

— Jeune, répondit Bess en souriant.

— Et plutôt joli garçon », ajouta Marion.

Fronçant le sourcil, Ned fit mine d'être jaloux.

« Je croyais que tu voulais aller rendre visite aux Flannery, dit-il à Alice.

— Oh ! Ça aussi.

— Je suis libre demain. Si tu as besoin de moi...

— Une paire d'yeux supplémentaires me serait, en effet, utile, répondit Alice, taquine.

— Tu pourrais prendre mes lunettes de soleil, plaisanta Marion.

— Non, merci : je préfère Ned. »

La conversation prit un tour badin et les jeunes gens oublièrent momentanément les énigmes qu'ils avaient à résoudre. Quand son téléphone sonna, tôt le lendemain, Alice fut surprise d'entendre la voix d'Angela Pruett.

« Je me suis fait du souci pour vous, avoua la jeune fille à la harpiste.

— Je suis désolée. J'aurais dû vous appeler plus tôt, mais j'ai reçu un court message de Phyllis.

— Hier ?

— Oui. Elle m'écrivait qu'elle désirait me voir dans l'après-midi au motel du lac des Cygnes. »

Alice écouta avec la plus grande attention Angela lui raconter qu'elle avait attendu sa sœur pendant deux heures.

« Finalement, je me suis adressée à la réception, poursuivit la musicienne. C'est alors que j'ai découvert que Phyllis m'avait envoyé un deuxième message, annulant le premier : elle ne pouvait pas venir.

— Les deux messages étaient-ils manuscrits ? interrogea Alice.

— Non, seulement le premier qui semblait griffonné à la hâte. Le second avait été téléphoné par une femme, à ce que m'a dit le réceptionniste.

— Une femme qui n'était pas nécessairement Phyllis », déclara Alice, soupçonneuse.

Elle révéla alors à la harpiste les aventures qu'elle avait eues elle-même au motel. Maintenant, celui-ci semblait plus que jamais lié aux mystères qu'elle voulait élucider. Après avoir décrit Lal, la jeune détective demanda à Angela si elle avait vu cet homme là-haut.

« Non », répondit la musicienne. Au bout d'une seconde de silence, elle reprit : « Je ne sais si je devrais retourner au motel aujourd'hui. Phyllis m'a fait dire qu'elle y serait peut-être.

— Cette affaire me paraît fort louche, assura Alice. Je crains que vous ne trouviez simplement un troisième message. »

Elle soupira.

« Jouez-vous ce soir ?

— Je l'ignore. Il a été question d'annuler tout le programme de la semaine », répondit Angela.

Comme elle n'était pas au courant des événements de la veille au soir, Alice lui en donna tous les détails.

« Alors, je suis certaine que tous les concerts seront reportés, répliqua Angela. Ce festival est un véritable fiasco. Ce qui m'inquiète le plus, c'est que je serai peut-être sans travail plus tôt que prévu. Or, rentrer chez moi, maintenant, sans ma sœur, est hors de question.

— Nous retrouverons Phyllis avant que les choses n'en viennent là, affirma Alice. En fait, je voudrais aller voir Mme Flannery. Auriez-vous son adresse sous la main ? »

Alice s'abstint de parler à la harpiste de l'homme, nommé Flannery, qu'elle avait rencontré au motel et qui, comme elle s'en était rendu compte, ne faisait qu'un avec l'agresseur de Redford. Inutile d'augmenter l'inquiétude d'Angela, se dit-elle.

Quand la musicienne lui eut donné le renseignement demandé, elle se contenta de la remercier et promit de la rappeler. Comme Ned devait arriver d'un instant à l'autre, elle monta se changer en toute hâte.

Bientôt, le jeune homme sonna. Elle lui ouvrit, vêtue d'une jupe d'été neuve et d'un chemisier blanc à manches bouffantes qui faisait ressortir son léger hâle.

« Salut ! fit Ned. Si j'en juge d'après ta tenue, tu n'as pas l'intention de faire de la marche aujourd'hui.

— Non, surtout pas avec ces chaussures, répondit Alice en montrant ses légères sandales à petit talon. Je me tordrais affreusement les pieds.

— Ce qui n'est vraiment pas pratique quand on doit poursuivre des ravisseurs ! » répliqua Ned en conduisant son amie vers sa voiture.

Les jeunes gens trouvèrent la maison des Flannery sans difficulté. Ce fut Mme Flannery qui vint leur ouvrir. Elle avait un corps musclé

FLANNERY

d'athlète et toute sa personne respirait l'énergie.

« Vous désirez ? » demanda-t-elle sèchement.

Après s'être présentés, Alice et Ned lui dirent qu'ils cherchaient Phyllis Pruett.

« Je ne l'ai pas vue depuis une semaine, répondit la femme. Je n'ai pas la moindre idée de l'endroit où elle peut être et...

— Avez-vous signalé sa disparition à la police ?

— Qui vous parle de disparition ? répliqua vivement Mme Flannery. Elle n'est absente que depuis quelques jours. De tout façon, je ne suis pas là pour la surveiller. Du moment qu'elle me paie son loyer, elle est libre d'aller et venir à sa guise. »

Elle fit mine de refermer la porte, mais Alice s'avança :

« Pourrions-nous entrer un instant ? demanda-t-elle fort aimablement.

— Ecoutez, j'ai beaucoup de travail...

— Seulement une minute », insista Ned.

Il savait qu'Alice espérait trouver quelque indice qui les guiderait dans leurs recherches.

« Je voudrais voir sa chambre, si cela ne vous dérange pas », dit la jeune détective.

La femme se passa la langue sur les lèvres, puis inspira de l'air. De toute évidence, elle hésitait.

« Vous n'y voyez pas d'objection, n'est-ce pas ? reprit Alice.

— Bien sûr que non. La seule chose que

j'ignore, c'est si Phyllis aimerait que je fasse visiter sa chambre à des étrangers.

— Nous ne sommes pas des étrangers, répliqua Alice. Je suis une amie personnelle d'Angela, la sœur de Phyllis. Elle sait que je suis ici.

— Dans ce cas... »

Toutefois, la femme maintenait la porte à peine entrouverte. N'importe qui, il est vrai, aurait pu réagir de la même façon à la demande d'Alice, mais Mme Flannery semblait particulièrement réticente.

La jeune fille aurait aimé la questionner au sujet de l'homme qui portait le même nom qu'elle, mais elle se dit qu'il serait imprudent de se découvrir trop tôt.

Enfin, Mme Flannery ouvrit grand la porte.

« Bien, entrez, mais dépêchez-vous. »

Elle conduisit les jeunes gens en haut d'un escalier, puis le long d'un couloir qui menait à une chambre. La porte en était ouverte.

« Comme vous le voyez, expliqua la logeuse, elle a un réchaud électrique individuel, une petite salle de bains, un lit, une chaîne stéréo, la télévision... bref, tout ce que l'on peut désirer. »

Mais Alice s'intéressait moins aux meubles qu'à un tas de vêtements jetés sur une chaise.

« On dirait qu'elle est partie précipitamment, fit-elle observer.

— Vous croyez ? répliqua la femme. Pour moi, c'est le désordre typique d'une fille de seize ans. »

Ned et Alice échangèrent un regard, sans répondre.

Sur le bureau, il y avait une brochure sur laquelle était agrafée une photo. Alice s'avança pour la prendre, mais Mme Flannery s'interposa.

« Ça y est ? Vous avez fini ? fit-elle en passant les doigts sur le bord du sous-main.

— Pourrais-je voir cette documentation ? demanda Alice.

— Documentation ? Quelle documentation ?

— Celle que vous essayez de cacher, madame, répondit Ned.

— Moi ? pas du tout ! bredouilla la logeuse en s'écartant. Mais je trouve que vous n'avez pas le droit de fouiner ici ! »

Alice prit la brochure. Sur la couverture s'étalait le titre suivant : *La Découverte Capitale de Votre Vie !*

La photo représentait un homme âgé vêtu d'une tunique en tissu imprimé. De longs cheveux gris et filasse encadraient sa figure ridée. Il était d'une maigreur squelettique, sans doute à cause de jeûnes fréquents. Les quelques lignes qu'Alice lut dans l'ouvrage confirmèrent cette supposition.

C'était l'ascète dont Phyllis voulait devenir la disciple : Ramaswami !

CHAPITRE XV

Une surprise

Tout en regardant la photographie, Alice parlait à Mme Flannery.

« Cet homme doit être le gourou de Phyllis, dit-elle en surprenant les yeux de la femme fixés sur son visage.

— Probablement.

— Savez-vous où il habite et comment se rendre chez lui ? demanda Ned en espérant que la logeuse lui indiquerait un chemin plus facile que celui qu'il avait pris avec Alice.

— Non, répondit Mme Flannery. Cet Indien ne m'a jamais intéressé. »

Alice avait remarqué entre-temps que la brochure ne contenait pas d'adresse précise : seulement un numéro de téléphone qu'elle grava dans sa mémoire. A part ce renseignement, il n'y avait pas grand-chose à glaner dans l'opuscule. Elle le reposa donc sur le bureau.

« Tiens... Et ça, qu'est-ce que c'est ? murmura-t-elle en apercevant une lettre que Phyllis avait commencé à écrire.

— Je trouve que vous allez un peu loin ! » glapit Mme Flannery en voyant la jeune fille tirer la feuille de dessous une autre qui la recouvrait.

A la surprise d'Alice, le message ne comportait que quelques mots : « *Chère Angela* », puis une phrase inachevée : « *J'ai appris une chose terr...* »

« Terrible, certainement », se dit Alice. Pourquoi Phyllis n'avait-elle pas terminé sa lettre ? Quelqu'un l'en avait-il empêchée ?

Mais elle garda ses pensées pour elle. Quand ils se retrouvèrent seuls, dans la voiture de Ned, les jeunes gens constatèrent qu'ils aboutissaient à la même conclusion.

« Et je crois que Mme Flannery en sait beaucoup plus long qu'elle ne veut le dire », ajouta le garçon.

Alice sourit.

« Félicitations ! Tu es très perspicace ! affirma-t-elle. J'aimerais bien découvrir ce que nous cache cette femme !

— On devrait venir l'épier au milieu de la nuit, suggéra Ned, optimiste.

— Bonne idée, approuva Alice. Très bonne idée même.

— Je plaisantais !

— Je sais, mais moi non. Nous tomberons peut-être sur M. Flannery !

— Dans ce cas, nous devrions emmener un policier.

— Quoi ? Ma protection ne te suffit pas ? » plaisanta Alice.

Le garçon démarra et roula vers Oberon College. Après avoir traversé le centre des affaires, très animé à cette heure de la journée, ils arrivèrent dans un quartier résidentiel aux demeures imposantes. Derrière elles s'élevait le mur de briques marron qui entourait le terrain de l'université.

« C'est joli, n'est-ce pas ? dit Alice.

— Oui, mais pas autant qu'Emerson », répliqua Ned.

Alice fit semblant de ne pas avoir remarqué la pointe de dépit dans la voix de son ami.

« Où peuvent bien être les bureaux des professeurs ? demanda-t-elle tout en admirant les pelouses vertes autour des divers bâtiments.

— Là-bas. »

Ned désigna près du parking un petit panneau portant unc flèche.

Les jeunes gens descendirent de voiture et se dirigèrent vers un bâtiment qui ressemblait davantage à un petit château de style Tudor qu'à des locaux administratifs.

« As-tu pris rendez-vous ? demanda Ned en réalisant soudain qu'Alice ne lui avait pas précisé l'heure à laquelle ils devaient voir lc professeur.

— Non, je n'en ai pas eu le temps. J'espère que nous l'attraperons entre deux cours. »

De fait, de nombreux étudiants se rendaient vers ce bâtiment. Alice et Ned se hâtèrent. Ils découvrirent rapidement la porte du professeur et frappèrent.

« Entrez ! »

En pénétrant dans la pièce, les jeunes gens entendirent un bruissement de feuilles de papier.

« Je suis Alice Roy, monsieur.

— Et moi, Ned Nickerson. »

Le garçon tendit la main pour serrer celle du professeur, mais celui-ci était occupé à ranger une chemise bourrée de documents dans une serviette.

« J'ai un cours, maintenant, dit-il vivement.

— Nous sommes des amis de Bess Taylor et de Marion Webb qui sont venues vous voir l'autre jour.

— Ah oui ? »

Soudain, De Niro laissa tomber sa serviette sur le bureau, s'assit et fit signe à Alice et à Ned de l'imiter.

« A vrai dire, j'avais l'intention de les appeler aujourd'hui.

— Vraiment ! s'exclama Alice.

— Oui. Il m'est arrivé une chose étrange hier. Tenez, regardez. »

Il ouvrit le dernier tiroir de son bureau. Du fond de celui-ci, il sortit une petite boîte. Des morceaux de papier d'emballage l'enveloppaient encore. De Niro les ôta complètement et souleva le couvercle. A l'intérieur se trouvait un tampon d'ouate que le professeur enleva rapidement.

« Oh ! s'exclama Alice en voyant un bijou en

or rouler dans la paume de l'homme. C'est la bague de Redford !

— En es-tu sûre ? » demanda Ned.

Il prit le joyau et le tendit à Alice.

« C'est indiscutablement la même, répliqua la jeune détective. Je reconnais le motif de nénuphars et les rayures à l'intérieur. Comment l'avez-vous obtenue, monsieur ?

— Elle m'est parvenue, tout bêtement, par la poste. Quelqu'un me l'a adressée ici, à l'université.

— Puis-je voir l'emballage ? » dit aussitôt Alice.

Mais, à sa grande déception, le papier n'indiquait aucun nom d'expéditeur.

Pourquoi la bague avait-elle été envoyée au professeur ? se demanda la jeune fille. L'imposteur était pourtant trop malin pour l'avoir laissée échapper si facilement. L'avait-il confiée à quelqu'un qui l'avait expédiée à Oberon College par erreur ?

« Vous est-il arrivé d'autres choses extraordinaires en dehors de celle-ci ? s'enquit Alice.

— Non, pas vraiment. Je travaille beaucoup pour terminer un projet.

— Un projet qui vous est demandé par le gouvernement, n'est-ce pas ? précisa Alice qui se rappelait ce que Bess et Marion lui avaient dit.

— Oui. Depuis des semaines, je vis le nez plongé dans les livres.

— Je ne voudrais pas me montrer indiscrète, monsieur, reprit Alice, mais je me demande si l'homme qui se faisait passer pour vous pourrait avoir un rapport avec votre travail actuel.

— C'est possible, mais fort improbable. La même idée m'était venue en parlant avec vos amies, mais, après avoir réfléchi, je pense que mes études statistiques seraient d'un piètre intérêt pour quelqu'un qui n'est pas de la partie. Par ailleurs, cet individu peut avoir relevé, par hasard, mon nom dans l'article de la *Gazette* et s'en être souvenu au bon moment. »

Alice acquiesça.

« Quoi qu'il en soit, ajouta-t-elle, je suis ravie d'avoir récupéré la bague. Maintenant, il ne nous reste plus qu'à retrouver son propriétaire. »

Devant l'air étonné du professeur, Alice lui expliqua la situation.

« Ce garçon, Redford, comme vous l'avez baptisé, semble avoir beaucoup d'ennuis, commenta De Niro. Si j'apprends quoi que ce soit de nouveau concernant cette affaire, je vous préviendrai aussitôt.

— Si vous n'arrivez pas à joindre Alice, vous pouvez m'appeler à sa place », intervint Ned.

Les jeunes gens laissèrent leurs numéros de téléphone au professeur. Celui-ci les mit dans sa poche, puis il se leva en disant qu'il devait partir donner son cours. Alice et Ned le remercièrent de son accueil. Ils descendirent un bout d'allée avec lui jusqu'à un croisement où ils se séparèrent. Les amis regagnèrent le parking.

« Quelle histoire bizarre ! marmonna Ned en conduisant la voiture sur le chemin sinueux.

— Nous avons une chance incroyable ! » s'écria Alice en élevant la bague qu'elle tenait entre les doigts.

Soudain son regard se posa sur un jeune homme qui portait un sac en toile vers la blanchisserie du campus. Ses cheveux bruns lui arrivaient aux épaules et sa silhouette lui rappelait celle du garçon qu'elle avait poursuivi dans le théâtre de River City !

« Ralentis, Ned », ordonna-t-elle.

Passant la tête par la vitre baissée, elle essaya d'apercevoir le profil du jeune inconnu.

« Qui est-ce ? demanda Ned.

— Il ressemble étonnamment au type qui filait hier de la cabine de régie. »

Elle ouvrit la portière et sauta à terre. Comme, à cet endroit, il lui était interdit de stationner, Ned laissa tourner son moteur au ralenti. Alice se précipita vers la porte par laquelle le jeune homme avait disparu, mais elle ne le vit nulle part.

« Où a-t-il bien pu... » fit-elle.

Au même instant, elle s'aperçut que le garçon avait tourné le coin du bâtiment et se hâtait vers une voiture garée près d'un dortoir.

Alice retourna en courant auprès de Ned et remonta en vitesse.

« Prends ce gars en chasse, dit-elle. Je suis presque sûre que c'est celui d'hier. »

L'autre véhicule, un cabriolet, s'élança sur la chaussée. Dans un grand crissement de pneus, il passa en trombe à côté des jeunes gens.

« Crois-tu qu'il t'ait vue ? demanda Ned en appuyant sur l'accélérateur.

— Je ne le pense pas. »

L'inconnu roula vers le quartier commerçant. Il réussit à passer un feu orange juste avant que celui-ci ne virât au rouge. Frustrés, Alice et Ned furent obligés de s'arrêter.

En silence, ils regardèrent le cabriolet argenté se faufiler entre les voitures et passer un autre feu alors que le leur revenait au vert.

« Pourvu que nous ne le perdions pas ! » s'écria Alice, très agitée.

Ned accéléra, le pied au plancher.

« Ne te tracasse pas. Nous le rattraperons. »

Les jeunes gens apercevaient toujours le cabriolet, mais près d'un panneau indiquant la direction du festival de musique le véhicule tourna brusquement. Toute son attention concentrée sur lui, Ned ne vit pas qu'une autre automobile de sport fonçait elle aussi vers la prochaine intersection.

« Attention ! » hurla Alice quand elle prit conscience du danger.

Ned allait droit à la collision.

CHAPITRE XVI

Faux espoirs

Au lieu de freiner à fond, ce qu'aurait fait Alice, Ned lança sa voiture en avant. L'automobile de sport frôla le pare-chocs arrière, puis s'arrêta net.

« Pouvez pas faire attention, non ? » cria le conducteur à l'adresse de Ned avant de négocier le virage à toute allure.

Alice s'était affalée contre le dossier du siège. La tension de ses muscles se relâcha, remplacée par un frisson.

« Oh ! Ned ! s'écria-t-elle d'une voix étouffée. J'ai bien cru que nous allions être réduits en bouillie !

— O femme de peu de foi ! plaisanta Ned en lui pressant légèrement la main. Tu ne penses tout de même pas que je vais gâcher notre poursuite par un accident ? »

Cette remarque dérida Alice.

« Où est passé le cabriolet maintenant ? demanda-t-elle.

— Il avait pris la direction du théâtre de la ville. Je suppose que nous devrions en faire autant.

— Allons-y ! » dit Alice en se redressant.

Mais bien que leur voiture n'eût que légèrement ralenti, l'incident du carrefour avait donné au cabriolet assez de temps pour disparaître.

« Il a peut-être emprunté une de ces rues latérales », suggéra Alice en parcourant du regard toutes celles devant lesquelles ils passaient.

Pas signe d'auto argentée. Toutefois, en arrivant au théâtre, les jeunes gens remarquèrent une trace de cambouis dans l'allée. Ils la suivirent.

« Le voilà ! » s'exclama Alice en découvrant l'insaisissable cabriolet.

Celui-ci était garé près du bureau du directeur. Ned se plaça à côté de lui. Alice sauta à terre, puis, son compagnon sur les talons, se précipita vers la porte, l'ouvrit rapidement et se présenta à une secrétaire qui tapait à la machine.

« M. Hillyer a quelqu'un dans son bureau », répondit l'employée avec zèle.

Le jeune homme qu'elle soupçonnait d'avoir attaqué Vince, pensa aussitôt Alice. Ned et elle attendirent plusieurs minutes. Finalement, ils interrompirent de nouveau la femme dans son travail.

« C'est vraiment urgent, insista Alice qui commençait à avoir la vague impression que le directeur avait donné l'ordre de ne pas la recevoir.

— Je vous le répète : M. Hillyer est occupé. Je ne sais pas dans combien de temps il sera libre. Je vous conseille de prendre rendez-vous avec lui par téléphone. »

Alice passa rapidement devant la secrétaire et frappa à la porte du bureau. Entendant le son de deux voix amorti par la cloison, elle recula, gênée de son geste.

La secrétaire s'était levée. Elle regarda Alice d'un air furibond.

« Sortez ! glapit-elle.

— Il n'en est pas question ! » répliqua Ned.

Grinçant des dents, la femme pressa le bouton de l'interphone.

« Monsieur Hillyer, dit-elle, Mlle Roy est ici. Elle refuse de s'en aller.

— J'arrive ! »

Quand l'homme apparut sur le seuil, Alice vit quelqu'un assis dans le fauteuil des visiteurs. Ses cheveux pendaient le long du haut dossier.

« Dois-je vous faire jeter dehors par nos gardes ? » gronda M. Hillyer.

Alice ne releva pas l'insulte.

« J'ai des raisons de croire que le jeune homme qui se trouve dans votre bureau, actuellement, a assommé Vince hier soir, déclara-t-elle.

— Que me chantez-vous là ?

— Je vous ai déjà dit qu'un garçon m'a presque renversée en sortant de la cabine de régie, quelques secondes seulement avant que je ne découvre Vince sans connaissance. »

Hillyer fit semblant de ne pas avoir entendu.

« C'est le fils d'une très bonne famille de Castleton. Il m'a appelé ce matin parce qu'il cherche un job. Et, comme grâce à son père, il a une certaine expérience du théâtre, nous l'embaucherons peut-être. Surtout qu'il vient de réussir, avec mention, un examen à Oberon College. En fait, ne vous en déplaise, je vais l'embaucher.

— Mais... dit Alice, dans un dernier effort pour se faire écouter.

— Au revoir, mademoiselle. Je vous prie de ne plus me déranger. »

Alice savait qu'il était inutile de demander le nom du garçon : ni Hillyer, ni la secrétaire ne consentiraient à le lui donner. Malgré tout, elle avait recueilli quelques renseignements fragmentaires qui pourraient peut-être servir plus tard.

« Viens, Ned », dit-elle.

Elle s'arrêta un instant devant une affiche collée sur un panneau à l'extérieur. Le mot REPORTÉ barrait les programmes de deux soirées. L'un d'eux comportait un sensationnel trio de violonistes, l'autre un pianiste de jazz célèbre qui, selon la publicité, ne se produisait que fort rarement. Le spectacle de la compagnie Jansen semblait toutefois continuer.

« Si nous tentions encore une fois de voir *Oklahoma* ? proposa Ned en souriant. Peut-être aurons-nous droit, cette fois, à tout le premier acte...

— Avant que le plateau ne s'écroule ? compléta Alice en riant. En fait, j'avais un autre projet pour ce soir : retourner à la maison des Flannery !

— Je savais bien que tu n'y renoncerais pas, à celui-là ! soupira Ned. Dans ce cas, je ferai des haltères cet après-midi : cette affaire nécessite des muscles.

— Et moi, je téléphonerai à l'ashram. »

Les jeunes gens retournèrent chez les Roy. Là, ils décidèrent d'un autre rendez-vous.

« A tout à l'heure ! » dit Ned, puis il démarra.

Alice se hâta d'entrer dans la maison. Elle y trouva Sarah en grand émoi. La gouvernante avait appelé personnellement le commissaire Stevenson pour lui demander si on avait des nouvelles de Redford.

« La police pense avoir découvert sa trace ! annonça-t-elle.

— Quoi ? » fit Alice.

Le jeune homme et sa bague réapparaissant le même jour ! Une telle coïncidence était-elle possible ?

« Parfaitement ! maintint Sarah. Quelqu'un l'aurait vu en train de faire du stop. D'après le commissaire, le jeune inconnu correspondrait au signalement de Redford.

— Et où est-il ?

— Ça, on ne le sait pas exactement, répondit Sarah en perdant un peu de son animation. Pour tout indice, la police ne possède que la déclaration d'un témoin. Elle fouille le coin où le garçon a été vu. »

Alice composa le numéro du commissariat et

demanda à parler à M. Stevenson. Quelques secondes plus tard, elle entendit une version similaire de l'histoire.

Le commissaire, toutefois, ajouta en riant :

« Des rapports de ce genre, nous en recevons plusieurs par jour, vous savez. Je crains que Sarah n'ait été tellement inquiète au sujet de votre protégé qu'elle n'a pas écouté mon commentaire final.

— Qu'avez-vous dit, monsieur le commissaire ?

— Que huit fois sur dix, ces prétendues pistes ne menaient nulle part. »

La déception de la gouvernante égala celle d'Alice quand la jeune fille lui résuma la conversation.

« Quoi que dise le commissaire, j'ai l'intention de rester optimiste, déclara Alice.

— Bravo ! fit Sarah en embrassant la jeune fille. Et si Redford revient, je lui confectionnerai le plus gros gâteau à la noix de coco qu'il ait jamais mangé !

— Miam, j'en ai l'eau à la bouche ! dit Alice en reniflant l'odeur d'un autre mets en train de cuire au four.

— Oh ! mon Dieu ! mes tartelettes ! s'exclama Sarah. Elles doivent être sur le point de brûler ! »

Elle se précipita à la cuisine. Restée seule, la jeune détective se mit à réfléchir aux nombreux détails des énigmes qu'elle devait résoudre. Soudain, elle se rendit compte qu'à part Ned et elle, personne ne savait encore que la bague de Redford avait été miraculeusement retrouvée. Elle monta dans sa chambre en courant. Là, elle s'étendit sur le lit, le téléphone près d'elle.

Elle appela d'abord Bess et Marion, puis son père. Tous se réjouirent de la nouvelle.

Après avoir terminé sa conversation avec M. Roy, Alice ferma les yeux. Dans un demi-sommeil, elle vit la bague en or tournoyer autour d'un homme au visage indistinct. Comme elle s'élançait vers lui, une barbe poussa au menton de l'inconnu, disparut, découvrant une figure ronde au teint mat et aux yeux bruns.

« Jhaveri », murmura Alice, avant de sombrer dans un sommeil plus profond.

En se réveillant, elle découvrit que le récepteur s'était décroché et que le crépuscule se glissait entre les arbres devant sa fenêtre. Elle sauta du lit et remit le combiné en place. Ensuite, elle enfila un pantalon et un chandail légers.

Pendant le dîner, la jeune détective laissa soudain glisser ses lasagnes de la fourchette.

« Pourquoi n'y ai-je pas pensé plus tôt ! s'écria-t-elle.

— De quoi parles-tu, ma chérie ? s'enquit M. Roy.

— De la bague ! » répondit Alice, très agitée.

Dans son sommeil, elle avait relié deux éléments de l'énigme : le bijou et M. Jhaveri. Flannery, alias De Niro, s'était rendu au moins une fois chez le joaillier. Avait-il essayé de lui vendre la bague volée à Bess et à Marion ?

« Pour une raison ou pour une autre, M. Jhaveri a dû vouloir la lui rendre, déclara Alice. Or, comme cet homme s'était fait passer pour le professeur De Niro, il la lui a envoyée à Oberon College ! »

CHAPITRE XVII

Deux intrus au clair de lune

M. Roy écouta l'explication d'Alice avec un sourire approbateur.

« Cela me paraît une bonne hypothèse, dit-il. Je suppose donc que tu vas bientôt retourner voir ce bijoutier ?

— Oui, mais auparavant, Ned et moi irons faire un autre tour du côté des Flannery.

— Quand comptez-vous y aller ?

— D'ici deux heures environ.

— Quoi ? Cette nuit ? » s'écria l'avocat, surpris.

Alice lui raconta sa visite à Mme Flannery.

« Je veux absolument découvrir si l'homme qui se fait appeler par le même nom qu'elle est son mari. Il n'était pas là ce matin, mais il finira sûrement par rentrer. »

Bien que la jeune fille eût aimé confier à son père tout ce qui lui était arrivé dans la journée, elle décida de se taire sur certains événements. Elle savait, par exemple, que la façon dont

M. Hillyer s'était comporté à son égard ne ferait que le peiner inutilement.

« Je crois que je suis sur le point de convaincre le maire de mon innocence, dit M. Roy brusquement.

— Formidable, papa ! » s'écria Alice.

C'était la première fois, depuis longtemps, que l'avocat parlait de ses ennuis. Cependant, malgré l'optimisme qu'il affichait, il gardait une expression soucieuse.

« Tu n'as donc plus besoin de t'inquiéter pour moi », poursuivait-il.

Ne lui disait-il qu'une partie de la vérité pour la rassurer ? se demanda Alice. Toutefois, elle ne posa aucune question. Le père et la fille achevèrent tranquillement leur repas.

A neuf heures, Alice passa une veste croyant que Ned serait ponctuel. Mais, à sa surprise, une demi-heure s'écoula avant que le timbre de la porte d'entrée ne retentît.

« J'ai essayé de t'appeler cet après-midi, mais la ligne était constamment occupée », dit Ned.

Il expliqua que ses parents l'ayant chargé de faire plusieurs courses, il avait voulu la prévenir qu'il serait en retard.

Alice se rappela alors que le combiné s'était décroché pendant qu'elle dormait à côté du téléphone.

« Je me demande si j'ai manqué d'autres coups de fil importants, fit-elle.

— Bah ! Dans ce cas, les gens te rappelleront », affirma Ned.

Les jeunes gens se dirigèrent vers sa voiture

sans remarquer qu'un cabriolet argenté était garé un peu plus haut dans la rue. Malgré le clair de lune qui brillait sur le capot, il était caché par les branches très basses d'un arbre. Le conducteur, cependant, surveillait la maison des Roy.

Quand Ned eut reculé dans l'allée jusque dans la rue, les phares du cabriolet s'allumèrent et son moteur se mit à ronfler. Le conducteur attendit quelques secondes avant de s'écarter du trottoir, puis il suivit les jeunes détectives.

Ceux-ci prirent la direction de la maison des Flannery. Ned ne prêtait que peu d'attention à la voiture qu'il voyait loin, derrière eux, dans le rétroviseur. D'ailleurs, elle se maintenait à distance. Quand, au bout d'une rangée de maisons, Ned s'arrêta, le cabriolet en fit autant.

« Il y a encore de la lumière au rez-de-chaussée, constata Alice en regardant la demeure des Flannery.

— Si l'individu que tu cherches est là, tu vas lui parler ? demanda Ned.

— Je ne sais pas trop... Cela dépendra des circonstances.

— Bien. J'attendrai tes instructions. C'est toi le chef de cette expédition.

— Trop aimable ! » plaisanta Alice.

Ensemble, les jeunes gens se glissèrent vers la maison. Soudain, ils se jetèrent derrière un tronc d'arbre : Mme Flannery s'approchait de la fenêtre du living.

« Tu crois qu'elle nous a vus ? fit Ned.

— Je ne pense pas. »

Ce qui était visible, en revanche, c'étaient leurs ombres par terre. La jeune fille recula, se collant contre l'écorce. De l'endroit où ils se tenaient, Ned et elle apercevaient également une fenêtre derrière la maison. Quand la lumière s'éteignit sur le devant, elle s'alluma aussitôt dans la cuisine.

« Un homme est en train de dîner », annonça Ned.

Il s'était haussé sur la pointe des pieds et, à travers les branches, il distinguait une tête aux cheveux noirs.

« Viens, approchons-nous. »

Pliés en deux, les jeunes gens sortirent de leur cachette et s'avancèrent à pas de loup. Ils s'arrêtèrent en entendant quelqu'un qui ouvrait la fenêtre de la cuisine. Aussitôt, ils se plaquèrent contre le mur, écrasant par mégarde une plate-bande de pétunias.

« Zut ! » murmura Ned en secouant la terre de ses baskets.

Mais Alice se préoccupait davantage des empreintes qu'ils laissaient. Elle se baissa pour les effacer. A ce moment, des voix leur parvinrent de la cuisine. Bien que fort basses, Alice reconnut l'une d'elles.

« C'est bien l'homme que nous avons vu au motel du lac ! » souffla-t-elle à Ned.

A force de résoudre des énigmes, elle avait appris à se servir de ses sens avec une remarquable précision.

« Comment peux-tu en être sûre ? chuchota Ned.

— Fais-moi confiance », dit la jeune fille en posant un doigt sur ses lèvres.

A cet instant même, Ned entendit prononcer le nom d'Alice ! Mais que disait-on d'elle exactement ?

Alice ferma les yeux pour mieux se concentrer, mais le sifflement d'une bouilloire couvrit malencontreusement le bruit des voix. Elle ne se doutait pas de la présence d'une autre personne, accroupie derrière la haie. C'était le conducteur du cabriolet. Quand les jeunes gens avaient remonté l'allée, il s'était glissé le long du trottoir jusqu'à des buissons où il s'était immobilisé.

Ned, entre-temps, avait laissé Alice se faufiler sous la fenêtre de la cuisine.

« Si elle revient nous espionner, tu sais ce qui te reste à faire ? disait l'homme.

— Oui. Et ensuite, je l'abandonnerai près du lac. »

A la pensée d'une horrible nuit dans la cabane forestière — à moins que ce ne fût quelque chose de pire —, Alice frissonna.

« Enfin... je ne pense pas que nous la reverrons de sitôt, reprit Mme Flannery. Heureusement que tu as attendu la nuit pour rentrer.

— Comme elle nous avait dépistés dans la maison de River Lane, je me suis dit qu'elle s'amènerait sûrement ici. »

Un bruit de vaisselle entrechoquée interrompit cette conversation. Puis toutes les lumières s'éteignirent, plongeant l'allée dans une totale obscurité.

Aussitôt, l'individu caché derrière la haie se rua sur Ned et, l'attrapant par derrière, lui assena un grand coup sur la nuque. Ned tomba à terre sans proférer un son.

Alice poussa un cri, qu'elle réprima tout de suite en voyant un jeune inconnu se précipiter sur elle.

Dans la cuisine, les lumières se rallumèrent. La porte de derrière s'ouvrit, se ferma.

« Qui est là ? » demanda Flannery de sa voix de basse.

Alice se tourna vers lui. Le poing de l'inconnu l'expédia par terre. Elle roula à quelques centimètres des pieds de l'homme. Celui-ci l'attrapa rapidement, la traîna dans la cour arrière, puis en haut des marches. L'agresseur, lui, s'enfuit.

« Lâchez... » cria Alice, mais Flannery lui couvrit la bouche de sa main.

« Que faisons-nous de son ami ? demanda sa femme.

— Laissons-le où il est. Le temps qu'il reprenne connaissance, nous serons partis. »

Le couple attacha Alice sur une chaise, liant si fort ses bras et ses jambes que la jeune fille en eut presque la nausée.

« Cette histoire vous attirera de sérieux ennuis ! » menaça-t-elle.

Mme Flannery lui fourra un petit pain dans la bouche. Alice mordit rageusement dedans et en avala une partie. L'autre tomba par terre, en miettes.

« C'était bon ? railla la femme. Tiens. En voilà encore. »

Cette fois, elle prit un morceau de pain plus gros qu'elle enfonça dans la bouche de la jeune fille.

« Où est la voiture de Desai ? demanda-t-elle ensuite à son mari.

— Là-bas, à l'ashram. »

La jeune détective écoutait cette conversation avec le plus vif intérêt. Une foule de questions se pressaient dans sa tête : quel rapport y avait-il entre Flannery, Desai et l'ashram ? Ramaswami était-il de mèche avec eux et sa retraite ne servait-elle que de couverture ? Ou bien abusait-on le sage Indien ?

Elle espérait bien entendre d'autres détails, mais le couple disparut au premier étage, la laissant seule pendant une vingtaine de minutes. Un bruit de pas pressés au-dessus d'elle la convainquit qu'ils étaient en train de faire leurs bagages.

« Pourvu que Ned arrive plus tôt qu'ils ne l'attendent ! » pria Alice.

Hélas ! Son souhait ne se réalisa pas.

Le jeune homme mit près de deux heures à reprendre connaissance. Une douleur sourde lui traversa le dos. Il était couché au bord de l'allée des Flannery. Un pétunia enroulé autour d'une de ses baskets lui rappela la succession des événements.

« Alice ? » murmura-t-il faiblement.

N'obtenant pas de réponse, il essaya de se redresser. Ce mouvement ravivant sa douleur, il se laissa retomber par terre.

« Alice ? Où es-tu ? » appela-t-il plus fort.

Mais seul le bruit feutré des pattes d'un chat troubla le silence. Le jeune homme roula sur le côté. Il regarda la fenêtre de la cuisine : elle était fermée maintenant. Et Alice, qui s'était tenue au-dessous, avait disparu ! Elle n'aurait sûrement pas abandonné Ned de la sorte si quelqu'un ne l'avait réduite à l'impuissance. Qui cela pouvait-il bien être ? La même personne que celle qui l'avait attaqué, lui ?

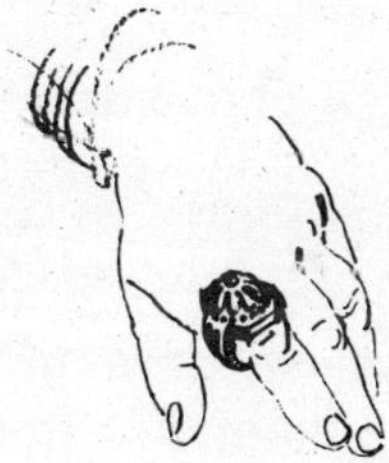

CHAPITRE XVIII

Alerte au scorpion

Sitôt son forfait accompli, le conducteur du cabriolet s'était éclipsé. Il avait roulé à tombeau ouvert vers le coin de la rue, et pris ensuite une route qui menait au théâtre de River City.

La troupe Jansen était sur scène. Le garçon consulta sa montre : le spectacle ne durerait plus qu'une demi-heure. Il pénétra dans le parking, qui était beaucoup moins plein que la nuit précédente, et se gara près de la sortie. Puis il descendit, tenant à la main une boîte en fer-blanc, au couvercle percé de trous.

Un rictus aux lèvres, il se précipita dans le hall vide, attendit un moment que s'achève l'allègre mélodie que jouait l'orchestre, puis il entrebâilla la porte de la salle. Il ôta le couvercle de la boîte ; un grand scorpion noir apparut en agitant ses grosses pinces et son dard venimeux.

Après l'avoir déposé sur le sol, le jeune homme recula et referma doucement la porte.

L'animal descendit le couloir central en droite ligne jusque vers le milieu. Là, la lumière de la scène tomba sur lui. Plusieurs personnes qui occupaient des fauteuils en bout de rangée se mirent à hurler.

« Au secours ! » cria une femme, alors que les pattes articulées du scorpion quittaient le tapis.

L'homme qui était assis à côté d'elle cria par-dessus le tohu-bohu :

« C'est un scorpion !

— Empruntez les sorties de secours ! » cria une autre voix.

La panique gagna aussi les exécutants. Le chef d'orchestre ordonna aux musiciens d'abandonner la fosse. Sur scène, les acteurs étaient en plein désarroi. Les lumières se rallumèrent dans la salle, ce qui eut pour effet de chasser le scorpion sous une rangée de sièges, maintenant vides, personne n'ayant eu la présence d'esprit de l'écraser d'un coup de talon.

« Ça, c'est vraiment le bouquet ! tempêta une femme en se précipitant hors du théâtre. Je ne reviendrai jamais ici, même si on m'offrait de l'argent ! »

Ses protestations trouvèrent un écho chez presque tous les spectateurs qui se pressaient à présent dans le hall.

« Mesdames et messieurs, je vous en prie ! implora le directeur du festival. Tout va s'arranger ! »

Personne ne l'écoutait. Impuissant, il dut regarder la foule qui s'éloignait en direction du parking. Là se tenait également, riant sous cape, le responsable de cette débandade. Il attendit le départ de la dernière voiture, puis retourna dans le théâtre. Le directeur téléphonait à la police pour lui signaler l'incident, quand le garçon s'avança.

« Que s'est-il donc passé, monsieur ? demanda-t-il.

— Oh ! Brady ! Quelqu'un a lâché un scorpion dans la salle.

— C'est épouvantable ! » répliqua le jeune homme. Puis, d'une voix qu'il voulait neutre, il demanda : « Croyez-vous que le festival sera obligé de fermer ses portes, après cette affaire ?

— Je suppose que ce que tu voudrais savoir, c'est si nous pouvons te donner ce job dont nous avons parlé.

— Oui, monsieur. »

Hillyer laissa échapper un long soupir.

« Franchement, j'ignore si le festival va pouvoir continuer mon garçon. Les membres de la compagnie Jansen m'ont déjà informé qu'ils rompaient leur contrat avec nous. »

Bien que ravi par cette nouvelle, Brady garda un visage impassible.

« Donc, si le théâtre de Castleton en voulait encore, les Jansen pourraient retourner là-bas...

— Tous nos ennuis ont commencé à partir du jour où Jansen a préféré, à la dernière minute, venir jouer à River City.

— Comme je vous l'ai dit, mon père est régisseur au théâtre de Castleton. Il m'a parlé de cette histoire. »

Hillyer, trop abattu pour poursuivre cette

conversation, laissa partir le jeune homme. Au même instant, les policiers arrivèrent. Brady sauta dans sa voiture, ouvrit la radio et s'éloigna.

Entre-temps, Ned avait réussi à se relever. Il se traîna dans la cour des Flannery et constata qu'aucune lumière ne brillait dans la maison.

« Si je demande au couple ce qu'est devenue Alice, je risque d'avoir de sérieux ennuis », se dit-il.

Mais, alors qu'il gravissait les marches qui menaient à la cuisine, il aperçut une traînée de miettes de pain.

« Bizarre, se dit-il. Qui pouvait bien jeter de la nourriture aux oiseaux en pleine nuit ? »

Il frappa à la porte. Personne. Peut-être ne l'entendaient-ils pas ? Il courut à la façade de la maison malgré son mal de tête.

Il sonna longuement à la porte d'entrée. Pas de réponse. Les Flannery étaient-ils partis ?

Ned regagna sa voiture. Il ne remarqua pas tout de suite qu'un de ses pneus, côté trottoir, était à plat. Ce n'est qu'en démarrant qu'il s'en aperçut. Coupant le contact, il descendit l'examiner. Quelqu'un avait ôté le capuchon de la valve et tout l'air s'était échappé !

Etait-ce l'œuvre de son agresseur ? se demanda Ned. Cette idée lui parut pourtant invraisemblable. Comment l'inconnu, qui avait enlevé Alice, pouvait-il avoir dévissé le chapeau sans lâcher la jeune fille ? A moins qu'il n'y ait eu *deux* ravisseurs.

Avant de réfléchir davantage à cette question, Ned plongea dans son coffre et en sortit une pompe qu'il fixa rapidement. Il inspecta le trottoir, à la recherche du capuchon manquant. A sa grande joie, il le découvrit non loin.

Quelques minutes plus tard, il roulait vers la maison des Roy. Une lumière, qu'on avait laissée allumée pour Alice, brûlait encore au rez-de-chaussée. Il était près de minuit quand le garçon sonna.

A sa surprise, ce fut Sarah, et non M. Roy, qui lui ouvrit.

« Est-ce que M. Roy dort ? demanda Ned tandis que les yeux de la gouvernante cherchaient quelqu'un derrière lui.

— Où est Alice ? s'enquit-elle sans répondre à sa question.

— Elle a disparu. »

Au ton grave du jeune homme, Sarah comprit qu'il ne badinait pas.

« M. Roy a été appelé, d'urgence par la police, dit-elle. Cela fait près de trois quarts d'heure qu'il est parti pour le théâtre de la ville. »

Ned la mit au courant brièvement de ce qui lui était arrivé.

« Quant à Alice, elle s'est tout bonnement volatilisée.

— Oh ! Mon Dieu ! gémit la brave femme. Ne perdez donc pas votre temps ici. Dépêchez-vous d'aller prévenir M. Roy. »

Le jeune homme reprit le volant. Quoique encore un peu étourdi, il roula à vive allure jusqu'au théâtre. A son arrivée, il fut surpris de trouver l'avocat en train de se défendre contre les véhémentes accusations de Hillyer.

« Tout cela est votre faute ! » grondait le directeur.

Il désigna une boîte métallique, puis un autre récipient qu'avait apporté les policiers et qui contenait le cadavre du scorpion.

« C'est absurde, voyons ! protesta M. Roy d'une voix calme. Comment puis-je avoir le moindre rapport avec ce qui s'est passé ici cette nuit ?

— Depuis le jour où vous avez forcé la compagnie Jansen à rompre leur engagement à Castleton...

— Je ne les ai pas forcés ! La ville de River City a fait une offre qui a été approuvée par tous les membres du conseil. En ce qui me concerne, j'ignorais que Jansen avait déjà un contrat avec Castleton. Le maire de River City m'avait simplement dit qu'il les avait vus jouer quelque part et suggéré de les faire venir ici. Quand j'ai appelé leur agent, celui-ci m'a vaguement parlé d'un autre projet de contrat, mais en me laissant entendre qu'il n'était pas très intéressant. Ce n'est pas ma faute si ces artistes ont préféré notre proposition. De toute évidence elle était plus séduisante que celle de Castleton ! »

La clarté d'expression de l'avocat contrastait avec la colère de son interlocuteur.

« Tout ce que je sais, reprit le directeur, c'est que l'interruption du festival nous ferait perdre énormément d'argent !

— Monsieur Hillyer, au lieu de discuter de cette question, ne vaudrait-il pas mieux, dans l'intérêt de tous, découvrir qui est l'auteur de tous ces ennuis ? »

Bien qu'il eût aperçu Ned, la gravité de la conversation et les policiers qui flanquaient les deux hommes empêchaient M. Roy de lui parler. De son côté, Ned ne voulait pas l'interrompre. Mais comme l'entretien se prolongeait, il écouta avec un intérêt grandissant.

« Monsieur Hillyer, n'avez-vous jamais remarqué une personne étrangère au service pénétrer dans les lieux ? » demanda l'un des policiers.

Le directeur avait détourné son regard de M. Roy.

« Non, je vous l'ai déjà dit.

— Alors, qui était ce garçon à cheveux longs ?

— Un passant. Il a dû voir les gens sortir en masse et, sachant que le spectacle ne pouvait pas encore être terminé, est entré pour demander ce qui se passait.

— Comment s'appelle-t-il ? » demanda M. Roy.

Hillyer continua à ne regarder que les policiers.

« Nous tenons beaucoup à ce renseignement, insista l'un d'entre eux.

— Brady Tilson.

— Quels sont vos liens avec lui ?

— Je n'en ai aucun, monsieur l'inspecteur. Je lui ai simplement offert un travail ce matin. »

Ned s'approcha, intrigué. S'agissait-il du jeune homme qu'Alice et lui avaient pris en chasse à Oberon College ? Dans ce cas, c'était celui que son amie soupçonnait d'avoir agressé Vince, le technicien du son et de l'éclairage ! Etait-il revenu au théâtre pour introduire un scorpion dans la salle ?

Alors que les deux hommes discutaient de l'instant précis où l'incident avait eu lieu, M. Roy déclara :

« D'après M. Hillyer, Brady ne serait arrivé que dix minutes après le début de la panique, soit vers dix heures.

— Ou, plus vraisemblablement, dix heures et demie », précisa un policier.

Dix heures et demie ? se répéta Ned. Cela voulait dire peu de temps seulement après l'attaque qu'il avait subie. Pouvait-il y avoir un rapport entre les deux événements ?

CHAPITRE XIX

Expédition de secours

Quand les hommes eurent terminé leur discussion, Ned prit M. Roy à part. Le directeur du festival, qui faisait une dernière déclaration aux policiers, lui lança un regard furieux.

« Qu'y a-t-il, Ned ? demanda M. Roy. Je suppose que vous avez déposé Alice à la maison ?

— N-non, monsieur. Je... je ne sais pas où elle est. »

L'avocat s'aperçut que le garçon tremblait.

« Racontez-moi tout, dit-il, en n'omettant aucun détail. »

Mais, avant que le jeune homme ait pu terminer son histoire le directeur et les agents s'apprêtèrent à quitter le théâtre.

« Tout le monde dehors ! ordonna Hillyer d'un ton acerbe en précédant l'avocat.

— Nous nous reverrons demain pour un autre entretien... l'informa ce dernier.

— Pas si je peux l'éviter !

— Je crains que vous n'ayez guère le choix », dit un des officiers de police, derrière lui.

Quand ils furent tous dehors, M. Roy pria l'un des inspecteurs de se joindre un instant à Ned et à lui.

« J'ai entendu votre discussion au sujet de Brady Tilson, déclara Ned au policier.

— Le connaissez-vous ?

— Non.

— Mais ma fille l'a vu la nuit dernière au théâtre, à ce qu'il paraît... intervint l'avocat.

— C'est exact », confirma Ned.

Puis il relata, tels qu'Alice les lui avait rapportés, les événements qui s'étaient produits dans la cabine de régie.

« Mais quand nous nous sommes présentés chez M. Hillyer, ce matin, il a refusé de nous recevoir, ajouta-t-il.

— Comme vous pouvez le constater, monsieur l'inspecteur, M. Hillyer refuse d'écouter quiconque porte le nom de Roy », assura l'avocat.

Le policier hocha la tête. Il faillit rappeler le directeur qui se dirigeait vers sa voiture, mais, à la suite de cette remarque, il réalisa qu'une nouvelle confrontation déboucherait encore sur un dialogue de sourds.

« Quand pourrais-je parler à votre fille ? demanda-t-il.

— Ça, c'est un autre problème », répondit Ned à la place de M. Roy, et il montra la marque qu'il avait sur sa nuque en expliquant que quelqu'un l'avait assommé par-derrière.

« Alice travaillait sur l'affaire de l'enlèvement du jeune amnésique, dit M. Roy. Vous êtes certainement au courant ? Cette nuit, Ned et ma fille étaient allés faire un petit tour d'inspection chez M. et Mme Flannery. »

L'inspecteur parut surpris.

« Qu'ont-ils à voir là-dedans ?

— Alice soupçonnait M. Flannery d'être la personne qui avait attaqué Redford à l'hôpital, expliqua M. Roy. Elle n'en était pas absolument certaine, cependant. Au fait, l'avez-vous aperçu cet homme ? demanda-t-il à Ned.

— Oui et non. Par la fenêtre ouverte de la cuisine, nous l'avons entendu mentionner le nom d'Alice, mais nous n'avons pas vu sa figure. Je ne pourrais donc pas jurer qu'il s'agissait bien du même individu que celui que nous avions rencontré au motel.

— Avez-vous une idée quant à l'identité de votre agresseur ? interrogea le policier.

— C'était justement là où je voulais en venir : j'ai l'impression que c'est Brady Tilson.

— Et non pas Flannery ? intervint M. Roy.

— Non, j'en suis sûr. Sa femme et lui étaient dans la maison quand on m'a frappé. »

Ned cligna des paupières avec lassitude. Toutes les aventures de la soirée défilèrent dans sa tête. Il chancela.

« Nous allons immédiatement fouiller la maison des Flannery, promit l'inspecteur à M. Roy. Votre fille y est peut-être encore. »

Ned, lui, était persuadé qu'on avait emmené son amie ailleurs mais, bien entendu, il n'en avait pas la moindre preuve. Certes, personne ne lui avait ouvert quand il avait frappé et sonné, mais cela ne voulait pas dire que la jeune fille n'était pas ligotée à l'intérieur.

« Puis-je vous accompagner ? » demanda-t-il au policier.

Celui-ci secoua négativement la tête.

« Un bon conseil, mon garçon : rentrez vous reposer. A moins que vous ne vouliez qu'on fasse d'abord examiner votre hématome : vous avez certainement été un peu commotionné. »

Ned assura qu'il se sentait très bien. M. Roy scruta les traits tirés du jeune homme.

« Vous passerez la nuit dans notre chambre d'amis, déclara-t-il. J'appellerai votre famille pour leur expliquer la situation... »

Ned accepta avec gratitude.

« Et pour Alice, que faisons-nous ? demanda-t-il.

— Je crois que, pour l'instant, nous devons remettre cette affaire entre les mains de la police », répondit M. Roy en soupirant.

Bien qu'affreusement inquiet au sujet de sa fille, il réussit à se dominer. L'inspecteur lui promit de l'appeler plus tard.

Le lendemain matin, toujours sans nouvelles, M. Roy téléphona au commissariat. Il apprit que la maison des Flannery était vide. De la vaisselle sale trouvée dans l'évier attestait que les occupants étaient partis depuis peu. La police avait toutefois l'intention de fouiller les alentours.

Quand Ned se fut enfin réveillé, M. Roy lui transmit les informations. Il lui demanda si d'autres éléments lui étaient revenu à l'esprit, susceptibles de les aider à retrouver Alice.

« Non, mais à présent, je suis convaincu qu'elle est avec les Flannery, répondit le jeune homme. D'abord, j'ai cru que c'était mon agresseur qui l'avait enlevée. Toutefois, si celui-ci est Brady, alors, de toute évidence, il n'a pas emmené Alice avec lui au théâtre.

— La police a dû arriver aux mêmes conclusions entre-temps, dit M. Roy. Et où se cache Flannery, à votre avis ?

— Peut-être au motel du lac des Cygnes. »

L'avocat réfléchit un instant.

« J'en doute. Il ne se rendrait sûrement pas dans un endroit public avec sa prisonnière.

— A moins qu'il... »

Pensant brusquement à Phyllis Pruett, Ned laissa sa phrase en suspens. Il bondit de sa chaise et se précipita au téléphone. Il ne connaissait pas le numéro d'Angela, mais l'obtint rapidement de l'administration du théâtre.

« Allô, Mademoiselle Angela Pruett ? fit le jeune homme. Ici, Ned Nickerson. »

L'instant d'après, après une brève explication, il fut convenu avec la harpiste qu'il irait la prendre chez elle. Puis il se retourna vers M. Roy.

« Il nous faut trouver cet ashram coûte que coûte, déclara-t-il. C'est certainement là qu'on a enfermé Alice !

— Vous devriez emmener du renfort, conseilla l'avocat : Bess, Marion et leurs amis, par exemple.

— Excellente idée, approuva Ned. Et vous, monsieur, viendrez-vous avec nous ?

— Quelle question ! Mais comme votre voiture est déjà bien pleine, je vous suivrai dans la mienne. »

Ned mit presque une heure à rassembler tout le monde. La nouvelle de l'enlèvement d'Alice bouleversa Bess et Marion. Et aussi Angela qui voyait soudain apparaître un lien entre les Flannery et la disparition de sa sœur.

« Et Redford ? fit Bess. Serait-il au même endroit que les filles ? »

L'ashram était-il vraiment devenu un lieu où l'on séquestrait.

Comme prévu, M. Roy suivit les jeunes gens dans sa voiture. Il avait laissé des instructions formelles à Sarah : ne révéler leur destination à personne. Il l'avait toutefois communiquée au commissaire Stevenson.

Le problème le plus urgent, c'était de découvrir comment on accédait à l'ashram. Depuis leur pénible aventure sur le sentier couvert de ronces, Alice et Ned n'étaient pas retournés au lac pour chercher une autre route.

« L'un des riverains, là-bas, saura sûrement s'il en existe une, déclara Ned. Sinon, il nous faudra traverser la forêt à pied.

— Oh ! fit Bess en jetant un coup d'œil à ses chevilles nues. J'espère que nous ne nous ferons pas mordre par des bêtes !

— Comme tu es étourdie ! Tu aurais dû mettre d'autres chaussures, la gronda sa cousine.

— On ne peut pas toujours penser à tout ! »

Daniel intervint dans cette petite querelle.

« Je crois que vous adorez vous chamailler, vous deux ? dit-il.

— Nous ne nous chamaillons pas ! protesta Bess. Marion ne me fait ces remontrances que dans mon intérêt ! »

Son ami se mordit la lèvre et ravala ses paroles tandis que Marion éclatait de rire. Bob, entre-temps, avait demandé à regarder la carte routière que le conducteur avait dans sa boîte à gants.

« Le lac des Cygnes n'est pas loin de l'aéroport », lui précisa Ned.

Grâce à ce renseignement, Bob le localisa très vite.

« Si mes souvenirs sont exacts, dit-il, il y a une route qui monte dans les collines.

— Tu penses sans doute à celle que nous avons prise, Alice et moi, l'autre jour, répondit Ned. Elle mène au motel, mais non à l'ashram qui doit se trouver quelque part au bord du lac.

— Au fait, fit Marion en s'adressant à Bess, Alice ne nous avait-elle pas dit qu'on avait découvert Redford près de l'aéroport ?

— En effct, confirma sa cousine. Peut-être venait-il justement de l'ashram.

— Ou y retournait-il, suggéra Marion. Quoi qu'il en soit, pour l'instant, ce n'est pas la direction qui compte, mais le fait que Redford se trouvait à proximité.

— Je propose que nous allions à l'aéroport, dit Bess à Ned.

— Bonne idée, approuva Angela.

— Nous y découvrirons peut-être là une route d'accès à l'ashram, appuya Daniel.

— Possible », admit Ned.

Lorsque les panneaux indicateurs du terrain d'aviation apparurent, il les suivit.

L'aéroport avait été modernisé l'année précédente. De nouveaux bâtiments avaient surgi du sol et le bruit courait qu'on allait en construire un autre. Derrière les jeunes gens, M. Roy connut un moment de désarroi. Pourquoi prenaient-ils cette direction ? Cependant, quand Ned lui fit un signe dans le rétroviseur, il comprit qu'il y avait une raison.

Celle-ci ne lui apparut que lorsque les voitures gravirent une route abrupte qui décrivait une courbe autour de l'aéroport, puis pénétrait dans une région fortement boisée. Ensuite, elle descendait en lacet vers un vallon au fond duquel brillait de l'eau.

« C'est sûrement le lac des Cygnes ! » s'écria Marion.

Au même moment, elle aperçut une automobile marron garée près d'une grande cabane. Sans ce véhicule, elle n'aurait pas découvert cette construction en bois qui se fondait dans les arbres. Alors que Ned approchait, la jeune détective crut discerner une bande bleue sur le coffre !

« Ne serait-ce pas la voiture de Dev Desai ? » demanda-t-elle à sa cousine.

Bien qu'elles n'aient jamais vu le véhicule ni l'une ni l'autre, celui-ci correspondait à la description qu'en avait faite Alice.

« Je vais finir par être jaloux ! dit Ned en plaisantant.

— Pourquoi ? s'étonna Marion.

— Il me semble que vous ayez sur cette affaire bien plus de détails que moi !

— Peut-être, admit Bess. Mais qui est allé enquêter au motel ?

— Et rendre visite aux Flannery ? ajouta sa cousine.

— Bof ! Je n'en ai rapporté qu'un mal de tête ! » répondit Ned en riant.

Il ralentit et fit signe à M. Roy de regarder dans la direction de la cabane au bord de l'eau.

« Ça ne peut être que l'ashram ! s'écria-t-il. Restons groupés, O.K. ? »

CHAPITRE XX

Une curieuse communauté

Regardant dans la direction que lui indiquait Ned, M. Roy aperçut la cabane. Elle se dressait au pied d'une petite pente sablonneuse, à quelques mètres de l'eau. L'avocat conclut qu'ils voyaient l'arrière du bâtiment.

En approchant, Ned se rendit compte à son tour que l'habitation se nichait derrière un talus, soigneusement caché par plusieurs rangées d'arbres. Ned faillit la dépasser, mais le toussotement d'un moteur de voiture en contrebas le fit s'arrêter.

Etait-ce l'automobile marron qu'avait repérée Marion ? se demandèrent les jeunes gens.

Ned repartit aussitôt et alla dissimuler son véhicule derrière un abri qui se trouvait au bord de la route. M. Roy l'imita. Tous descendirent et attendirent. Le moteur, un peu plus loin, continua à tourner, puis stoppa brusquement.

Prenant la tête du groupe avec le père

d'Alice, Ned conduisit ses amis de l'autre côté de la route. Ils marchèrent derrière les arbres en surveillant les fenêtres sans rideaux de la cabane. Rien ne bougeait, là-bas. Soudain un bruit de rameaux cassés et de feuilles froissées se fit entendre au bas du versant. Tous s'immobilisèrent.

La personne qui essayait de faire démarrer la voiture marron les avait-elle vus ?

Ned avança très courageusement. Le craquement cessa. Le garçon se demanda avec anxiété si quelqu'un allait se jeter sur lui, mais comme le silence se prolongeait, il fit signe à ses amis de le suivre.

« Je ne peux pas descendre ici, murmura Bess à Marion. C'est trop abrupt. »

Elle désigna le raidillon couvert de cailloux glissants au-dessous d'eux.

« Eh bien, tu n'as qu'à rester ici », répliqua sa cousine.

Bess promena son regard sur la nature sauvage et déserte autour d'elle.

« Non, non, je préfère venir avec vous, décida-t-elle en saisissant la main de Daniel.

Pliée en deux, la petite expédition dévala la pente en file indienne. Une paire d'yeux sombres regarda par la fenêtre, puis disparut. La porte s'ouvrit. Les détectives s'accroupirent derrière un gros tronc d'arbre renversé qui gisait près de la cabane.

Le cœur de Marion se mit à battre à grands coups. En levant la tête, elle avait aperçu l'inconnu alors qu'il se tournait dans leur direction. C'était M. Jhaveri ! Le bijoutier de River City était-il soudain devenu un disciple de Ramaswami ? se demanda-t-elle.

Elle se baissa vivement. Retenant leur souffle, tous attendirent que l'homme rentrât dans la cabane. C'est ce qu'il finit par faire, mais il laissa la porte entrebâillée.

Ned se glissa vers l'arrière du bâtiment, emmenant Bob avec lui. Les autres restèrent cachés. Les garçons découvrirent une fenêtre de sous-sol en partie dissimulée par de hautes herbes. En les écartant, ils aperçurent des lits de camp affaissés et défaits, dressés sur le sol froid et humide.

« Brrr ! Je n'aimerais pas passer une nuit là-dedans ! » chuchota Bob.

Il suivit Ned au coin de la maison où, derrière une autre petite fenêtre, on apercevait le haut de la tête d'une personne adossée contre le mur !

Ned pressa sa figure contre la vitre pour voir qui c'était. Mais, ébloui par le soleil, il ne parvenait pas à distinguer la couleur des cheveux. Quand Bob lui tirailla le bras dans l'attente d'une réponse, il se contenta de hausser les épaules.

« Alice ? Phyllis ? » appela-t-il doucement à travers une fente dans le cadre.

Silence.

Pendant ce temps-là, M. Roy et ses compagnons décrivaient un arc de cercle pour atteindre la voiture marron, quand soudain, une voix les arrêta net.

« Bonjour, messieurs-dames ! »

Le groupe pivota.

« Prem Nath ! s'exclama Bess.

— Quel plaisir de vous revoir ! » dit l'Indien d'un ton aimable.

Il sortit de sa cachette sous le talus et brossa la terre de son chandail.

« Nous vous avons entendu venir, ajouta-t-il avec un sourire qui découvrait des dents très blanches.

— Nous cherchons notre amie Alice Roy, dit Marion. Voici son père.

— Enchanté de faire votre connaissance, monsieur ».

M. Roy inclina la tête avec froideur.

« Où la cachez-vous ? demanda-t-il.

— Il doit s'agir d'un malentendu, monsieur. Votre fille n'est pas ici. » Il se tut un instant. « Nous sommes des gens paisibles », affirma-t-il.

Mais un cri au-dessus d'eux troubla son calme olympien.

« La police arrive ! Je viens de capter un de leurs messages sur les ondes courtes !

— Filons avant qu'il ne soit trop tard ! » hurla une autre voix.

Bousculant ses visiteurs, Nath essaya d'atteindre les marches du perron, mais M. Roy l'attrapa.

« Où est ma fille ? répéta-t-il, le visage rouge de colère.

— Lâchez-moi ! » cria l'Indien.

Il repoussa brutalement l'avocat contre Bess

et Marion. Bob et Ned arrivèrent en courant de l'arrière de la maison et s'élancèrent sur les hommes qui tentaient de s'enfuir.

« Oh ! » s'exclama Bess en voyant Daniel faire un croc-en-jambe à l'un d'eux.

L'individu tomba à la renverse. Ned le reconnut aussitôt. C'était Keshav Lal, l'Indien qui les avait envoyés, Alice et lui, sur la sente pleine d'embûches !

« Bandit ! » cria Ned en fonçant vers Flannery qui dévalait l'escalier.

L'homme lui décocha un coup de poing. Le garçon l'esquiva en se baissant, puis il saisit le bras de son agresseur et le lui tordit jusqu'à ce que l'autre fût obligé de se mettre à genoux.

A l'intérieur, Mme Flannery poussait des cris de frayeur. Alice l'attrapa par surprise. Elle lui jeta une nappe autour de la taille et la tira en arrière jusqu'au canapé.

« Alice ! » s'écrièrent Marion et Bess en apercevant la chevelure blonde de leur amie.

Elles passèrent en courant à côté des hommes qui luttaient par terre et montèrent les marches du perron. Elles se précipitèrent sur la prisonnière d'Alice et, avec la nappe, l'attachèrent solidement au bras du canapé.

« Phyllis Pruett et Redford sont ici, eux aussi ! leur annonça Alice.

— A propos, où est Angela ? s'inquiéta soudain Marion.

— Elle est venue avec vous ? » demanda Alice.

A ce moment, un bruit de sirènes retentit.

Quelques secondes plus tard, des voitures de police arrivaient. Revolver au poing, des agents dévalèrent le talus. Ils arrêtèrent les hommes que les garçons d'Emerson College et M. Roy avaient maîtrisés entre-temps.

« Haut les mains ! » ordonna un des policiers quand le trio se releva.

Ayant reconnu la voix de sa fille, M. Roy s'engouffra dans la cabane.

« Dieu merci, tu es saine et sauve ! s'écria-t-il.

— Oh, papa ! Je t'avais bien dit que je m'en sortais toujours ! » répondit Alice, mais ses yeux bleus s'embuèrent.

Ned et les autres se pressèrent autour d'elle.

« Vous avez fait preuve de beaucoup de courage, leur dit-elle.

— C'est Ned qui a organisé cette expédition », précisa Bess.

Le jeune homme rougit. Il entoura les épaules d'Alice de son bras.

« J'ai bien cru que tu avais disparu pour toujours... murmura-t-il.

— Moi ? Quelle drôle d'idée ! » fit-elle.

Elle lui planta un baiser sur la joue. A cet instant, les deux autres captifs montèrent du sous-sol, suivis de M. Jhaveri.

« Je les ai libérés aussi, Alice, dit celui-ci.

— Redford ! s'exclama Bess.

— Rectification, s'il vous plaît. » Le garçon eut un sourire radieux. « Je m'appelle Randy.

— Quoi ? Aurais-tu retrouvé la mémoire ? lui demanda joyeusement Marion.

— A cent pour cent. Dès que j'ai revu cet endroit, je me suis souvenu de tout. »

M. Roy pria les jeunes gens de rejoindre les policiers. Ceux-ci avaient passé des menottes aux mains des trois hommes. Puis, avant que l'ancien amnésique ait pu raconter son histoire, l'avocat courut vers le talus où Angela Pruett s'était cachée pendant la capture.

« Nous avons trouvé Phyllis », lui annonça doucement M. Roy.

Apercevant sa sœur, Angela se précipita vers elle et l'étreignit.

« Oh ! Tu n'aurais jamais dû quitter papa et maman ! s'écria-t-elle.

— Je sais, Angela. Je le regrette. »

Pendant que les deux sœurs s'entretenaient à voix basse, Alice informa les policiers que c'était M. Jhaveri qui les avait délivrés, elle et les deux autres prisonniers.

« Il a été victime de la cupidité de son cousin. Keshav Lal avait été un disciple, et même l'assistant du maître hindou. Mais, récemment, Ramaswami est allé s'installer dans une autre partie du pays. Il avait découvert que Lal interceptait des cadeaux précieux qui lui étaient destinés et les vendait par l'intermédiaire de son parent, M. Jhaveri. L'homme que vous voyez là, M. Flannery, a même essayé de vendre une magnifique bague en or qui appartenait à Randy. C'est ce qui l'a perdu. »

Les amis d'Alice se rapprochèrent pour mieux entendre.

« Nous avions plusieurs fois parlé de cette

bague à M. Jhaveri, poursuivit la détective. Il a vu Bess et Marion la remettre à Flannery qui, ce jour-là, se faisait appeler De Niro. Alors, quand on lui a demandé de la vendre M. Jhaveri a été saisi de panique.

— Oui, je sais. J'aurais dû rendre immédiatement ce bijou aux jeunes filles, admit le joaillier, mais j'avais trop peur. Si je leur avais dit comment il était venu en ma possession, j'aurais été obligé de leur parler de Keshav. Mon cousin m'avait souvent donné des babioles à vendre. Je ne lui ai jamais posé de questions à leur sujet et il ne m'a jamais indiqué leur provenance. Mais le jour où il m'a porté la bague indienne, j'ai compris que son ami l'avait volée aux jeunes filles. Pour moi, cet ami c'était le professeur De Niro d'Oberon College. Je la lui ai donc renvoyée à l'université en espérant qu'il ne m'importunerait plus. »

Randy, à son tour, prit la parole.

« Je suis souvent venu à cet ashram, commença-t-il. Je m'y sentais chez moi, sans doute à cause de mon enfance passée en Inde. Mes parents, des missionnaires protestants, y vivent encore. Quand je les ai quittés pour étudier aux Etats-Unis, ils m'ont donné la bague d'un maharajah. Ce prince hindou la leur avait offerte pour les remercier de tout ce qu'ils avaient fait pour son peuple. Moi, de mon côté, j'avais pensé en faire cadeau à Ramaswami pour l'aider dans sa tâche. Pendant le dernier week-end que j'ai passé ici, je me suis toutefois senti très mal à l'aise. J'avais parlé de la bague à Lal et je la lui aurais remise pour le swami si je n'avais surpris une conversation entre lui et Dev Desai. »

Randy désigna Prem Nath.

« L'homme que voici. Croyez-moi, Desai, lança-t-il, je veillerai à ce que Ramaswami la reçoive, *sa* bague ! »

Le ravisseur de Randy avait donc utilisé une fausse carte d'immigration ! Remarquablement habile, il avait réussi à cacher sa véritable identité aux jeunes détectives et à la police quand ceux-ci l'avaient interrogé dans sa maison de River Lane !

« Je me suis aperçu que Lal s'était monté une petite affaire aux dépens de mon maître. J'ai attendu une occasion de voir Ramaswami seul. Quand j'ai enfin pu lui parler en tête-à-tête, je lui ai tout raconté, sans me rendre compte que Lal écoutait à la porte. Ensuite, je suis parti très vite pour rentrer à l'université. Comme je n'ai pas de voiture, j'ai fait de l'auto-stop, puis, à pied, j'ai coupé à travers la forêt pour me rendre à l'aéroport. Avant d'avoir pu comprendre ce qui m'arrivait, j'ai été attaqué par ces deux lascars, Lal et Desai. Apparemment ils n'ont pas eu le temps de chercher le bijou dans mon sac à dos.

— Non, ils ont laissé à Flannery le soin de le voler », fit observer Alice.

A ces mots, les prisonniers serrèrent les mâchoires d'un air furieux.

Après Randy, ce fut Phyllis qui entreprit de raconter son aventure.

« Oui, je l'admets, je me suis enfuie de chez mes parents, dit-elle. Je nageais en pleine confusion mentale à cette époque. Crois-moi, Angela : je ne voulais faire de peine à personne.

— Je te crois, Phyllis », répondit doucement la harpiste.

Puis elle pressa sa sœur de poursuivre son récit.

« J'étais tellement déprimée que, lorsque j'ai entendu parler de l'ashram, je me suis dit : voilà exactement ce qu'il me faut. Un peu de paix et de tranquillité. Et, au début, mon séjour ici était merveilleux... Mais, un jour, j'ai surpris les Flannery en train de parler de Ramaswami. Keshav, disaient-ils, craignait que le gourou ne découvre bientôt les agissements de leur petite bande.

— C'est donc Lal, je suppose, qui t'a obligée à m'écrire ces messages, intervint Angela en regardant le visage crispé de l'Indien. Il voulait me faire croire que tu allais bien !

— Je voulais absolument prévenir mon maître, reprit Phyllis. J'ignorais, bien sûr, que Randy m'avait devancée. Mais, avant d'avoir pu faire ma valise ou t'envoyer un mot, Angela, les Flannery m'ont traînée hors de ma chambre et forcée à monter dans leur voiture. Flannery m'a emmenée ici. Il m'a ligotée et enfermée dans la cave. »

Puis on parla de l'agression dont Ned avait été victime.

« J'ai vu le coupable, déclara Alice. C'est le garçon qui avait assommé Vince.

— Si tu peux l'identifier avec certitude, voilà une autre affaire de réglée, déclara son père.

— J'ai encore une question à poser, dit Marion. Qui a alerté la police aujourd'hui ?

— Votre gouvernante, monsieur Roy, répondit l'un des inspecteurs. Le commissaire Stevenson nous avait fait part de votre intention de venir ici, mais c'est Mme Berny qui nous a poussés à l'action.

— Que deviendrions-nous sans cette brave Sarah ? » s'écria Alice en souriant.

On fit monter les malfaiteurs dans le car de police.

Alors que le mystère des disparitions de Randy et de Phyllis avait été élucidé, ce n'est qu'au cours des jours suivants qu'on trouva l'explication des incidents survenus au théâtre de River City.

Emmené au commissariat pour un interrogatoire, Brady Tilson finit par faire des aveux complets. Il avait créé tous ces désordres au théâtre pour obliger le festival à fermer ses portes. Son père, expliqua-t-il, avait perdu son emploi au théâtre de plein air de Castleton parce que la ville avait été incapable de remplacer la compagnie Jansen rapidement. River City, affirma Brady, avait volé les artistes et le public de Castleton. Il avait donc résolu de récupérer Jansen ! Son premier geste avait été de s'emparer de la liste des abonnés du festival et d'un paquet de prospectus posé sur une table, dans le hall du théâtre de River

City. Il avait apposé le tampon ANNULÉ sur chacun d'eux et les avait expédiés à un maximum de personnes.

Quand M. Hillyer entendit cette histoire, il envoya aussitôt une lettre d'excuse à M. Roy et à sa fille. A la fin de sa missive, il ajoutait que Vince avait confirmé tous les faits. Ensuite, le téléphone de l'avocat sonna sans interruption : le maire et divers membres du conseil municipal voulaient chacun lui exprimer leurs regrets de l'avoir injustement soupçonné. Alice se demanda si le calme allait jamais revenir dans la maison.

Elle attendait toutefois avec une joyeuse impatience la grande fête que Sarah préparait depuis des jours. Quand Randy arriva avec Phyllis et Angela, ils voulurent jeter un coup d'œil à la cuisine, mais Sarah les mit promptement dehors.

La gouvernante ne réapparut que lorsque Bess et Marion arrivèrent avec les garçons d'Emerson College. Alice avait compté les assiettes et découvert qu'il y en avait deux de trop. Mais avant qu'elle n'ait pu en parler à Sarah, celle-ci pria tout le monde de fermer les yeux.

« Nous avons deux invités surprise, ce soir !

— Salut, Alice ! » fit une petite voix rieuse.

C'était Tommy Johnson, accompagné de Lisa Scotti !

L'enfant avait encore la jambe dans le plâtre, mais, avec l'aide de l'infirmière, il boitilla rapidement vers la jeune détective et l'embrassa.

« Oh, Tommy ! Tu as une mine superbe ! » s'écria Alice, tout heureuse.

A la pensée que les hommes qui avaient renversé le garçon allaient être châtiés sévèrement, toute l'assistance, et surtout Alice, éprouva un sentiment de satisfaction.

La jeune fille sourit à Sarah.

« Je voudrais remercier tout particulièrement la personne qui nous a tirés d'un bien mauvais pas ! » s'écria-t-elle.

Les invités applaudirent chaleureusement, mais, obéissant à un signe de la modeste gouvernante, ils adressèrent ensuite leur hommage à Alice.

« Tu l'as bien mérité ! » murmura Ned à l'oreille de la jeune détective.

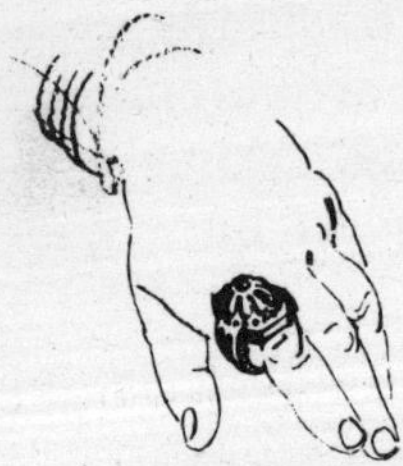

TABLE

IMPRIMÉ EN FRANCE PAR BRODARD ET TAUPIN
Usine de La Flèche, 72200.
Loi n° 49-956 du 16 juillet 1949 sur les publications destinées à la jeunesse.
Dépôt : avril 1988.